衛斯理系列 少年版 05

鑽石花

作者：衛斯理
文字整理：耿啟文
繪畫：余遠鍠

衛斯理
親自演繹衛斯理

老少咸宜的新作

寫了幾十年的小説，從來沒想過讀者的年齡層，直到出版社提出可以有少年版，才猛然省起，讀者年齡不同，對文字的理解和接受能力，也有所不同，確然可以將少年作特定對象而寫作。然本人年邁力衰，且不是所長，就由出版社籌劃。經蘇惠良老總精心處理，少年版面世。讀畢，大是嘆服，豈止少年，直頭老少咸宜，舊文新生，妙不可言，樂為之序。

倪匡　2018.10.11　香港

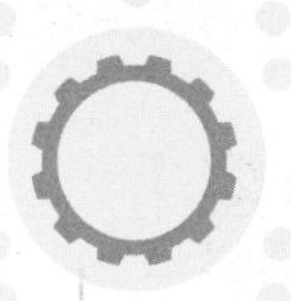

目錄

第十一章　黑手黨的加入　05

第十二章　海上亡命　21

第十三章　決戰黑手黨　33

第十四章　天大的笑話　48

第十五章　死神的蜜月　61

第十六章　神秘敵人　72

第十七章　夢幻般的鑽石花　89

第十八章　武林的一代異人　101

第十九章　寶藏之謎　115

第二十章　身世秘密　124

案件調查輔助檔案　140

主要登場角色

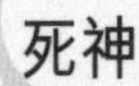

死神

石菊

黃俊

納爾遜

衛斯理

黎明玫

石軒亭

大師伯

施維婭

第十一章

黑手黨的加入

我和石菊先坐飛機到羅馬，再轉機飛往科西嘉島。

在漫長的航程裏，我終於有機會開口問石菊：「你們北太極門怎麼會跟隆美爾寶藏扯上關係？」

石菊娓娓道來：「我們有一位師祖輩，當年曾加入蘇聯紅軍，那張藏寶圖是他在第二次世界大戰期間得到的。直到近年，我爹無意中發現了那地圖，便派黃俊出國尋寶。可是，他去了將近一年，忽然音訊全無，我爹便派我去找他。我出國後好不容易聯繫上黃俊，約好在一個地方見面，沒想到死神卻知道了寶藏的事，並派人抓捕我。因此，我未能赴約去見黃俊，輾轉逃至一個荒島，卻沒料到在那荒島上遇上黃俊和你。」

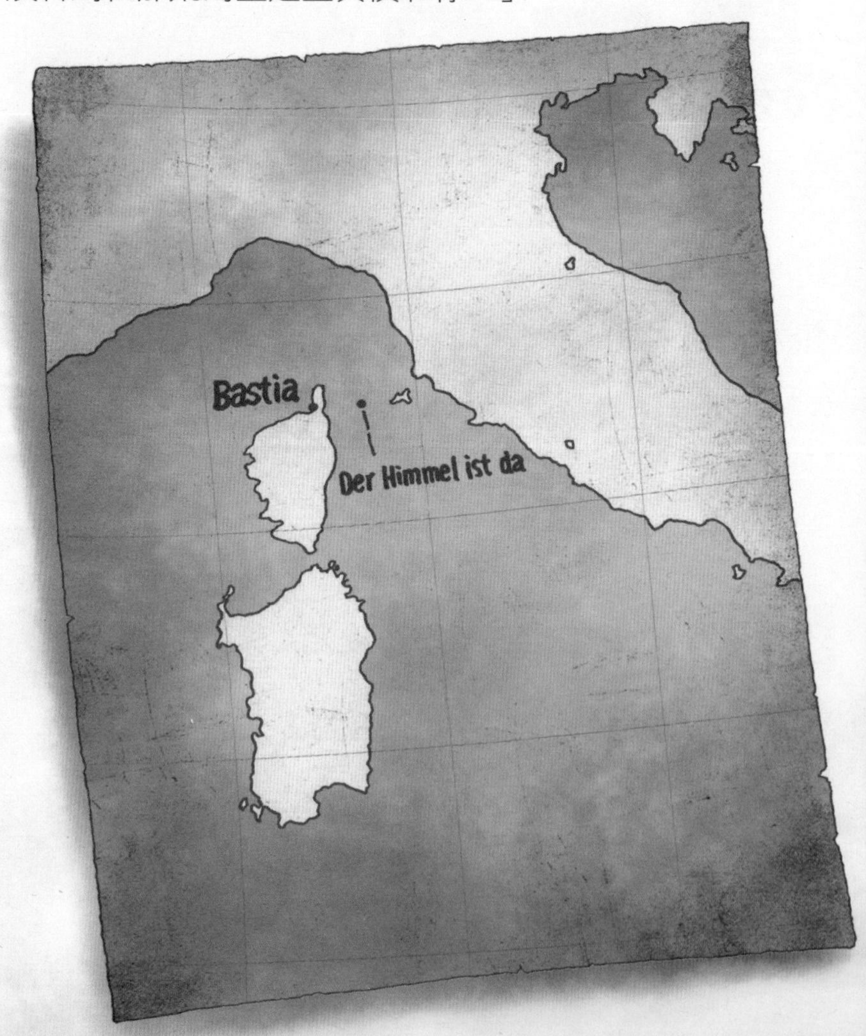

她一口氣講到這裏，才停了一停。我也把我在**渡輪**上發現黃俊將一顆顆**鑽石**丟進大海的經過一一告訴了她。

那袋鑽石仍然在石菊的身上。她拿出來，細看裏面的鑽石，「如果這些鑽石是真的，那就表示寶藏已被他發現了。」

「不管他是否已找到寶藏，如今最重要的是，**死神**相信寶藏仍未被發現，這樣我們才有線索追蹤死神，救出黎明玫。」我說。

石菊忽然不滿地**皺眉**，「衛大哥，原來你一心只想着救她，而不是幫我去找寶藏！」

我認真地對她說：「相信我，總有一天你會明白，**她對你來說，比任何寶藏都更重要。**」

她「**哼**」一聲別過頭去，餘下的旅途都不再和我說話。

我們輾轉來到了科西嘉島東北端的巴斯契亞鎮。那是一個漁港，我們一抵達，便以一個搜集海洋生物標本的中國學者及其女助手的身分，在鎮中心一家叫「**銀魚**」的旅館住了下來。

一連兩天，我和石菊沿海觀察**地形**，租了一艘性能十分好的快艇，又購置了所需的最新型**潛水**工具。

兩天來，我們並未發現有什麼人是衝着寶藏而來的。

在巴斯契亞鎮上，人們似乎都知道來了兩個對海洋生物感興趣的**中國人**。

我們打算在第三天出海，依據我對藏寶**位置**的印象，到那附近去考察一下。可是，就在前一天晚上，卻發生了事故。

那天晚飯後，我和石菊一邊散步，一邊討論着明日出海的行動。

突然間，兩輛電單車飛快地在我們身旁**掠過**，然後攔住了我們。

兩個身材高大、膚色**黝黑**的科西嘉人躍下電單車，喝道：「我們是馬非亞的人，你們知道嗎？」

「馬非亞是什麼人**？**」我問。

「來到了巴斯契亞，卻不知道馬非亞是什麼人？」兩個大漢**凶惡**地咆哮：「**馬非亞要你們去見他！**」

他們一説完，便凶猛地向我和石菊撲過來。我的身子向前一衝，在他們兩人之間穿了過去，左右兩手抓住他們腰間的軟穴，那兩人便慘叫着跌倒在地！

我俯身在他們其中一人的後袋中，抽出了一柄**利斧**，在他們眼前晃着説：「馬非亞在什麼地方？快説！」

他們喘着氣道：「就在**銀魚旅店**的後巷，你會找到的。」

我和石菊跨上他們的電單車，開回去銀魚旅店的後巷。

那是一條十分骯髒的小巷，幾個**衣衫襤褸**的孩童在玩着拋石頭的遊戲。

「馬非亞在什麼地方？」我直接大聲問道。

所有人聞言都呆了一呆，露出**畏懼**的神色，**馬非亞顯然是這個鎮上的惡霸！**

我看到其中幾個人伸手指向一個貨倉，便將剛才奪來

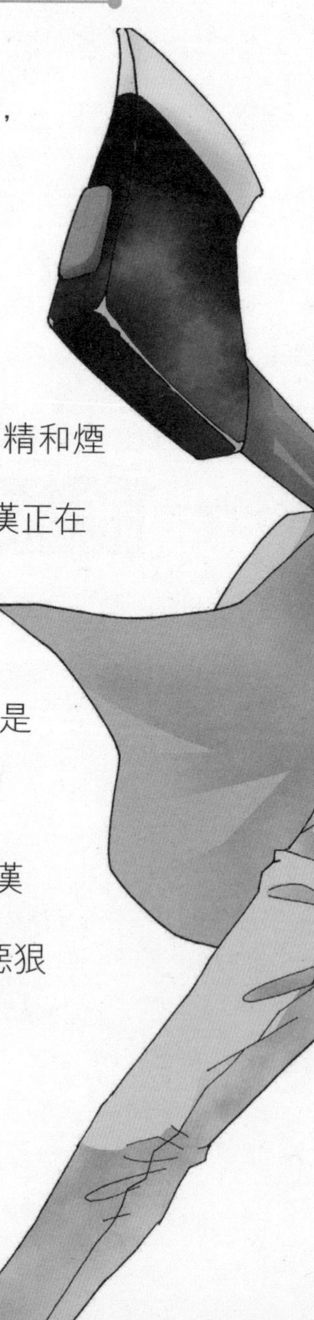

的那柄利斧握在手中，向貨倉門口走去，一腳踢開了門，衝了進去。

貨倉內瀰漫着酒精和煙草的氣味，十來個大漢正在

。

我大聲問：「誰是馬非亞？」

「**我！**」一個大漢扔掉手中的撲克牌，惡狠狠地站了起來。

我二話不說，手一揚，那柄利斧便疾飛出去，掠過了他的頰邊，「叭」的一聲插在他身後的木箱上！

馬非亞的臉色變得十分蒼白，我冷冷地說：「你派了兩個飯桶來找我們，現在我們來了，有什麼事？」

「有人要見你，從羅馬來的！」馬非亞的聲音仍有點發抖。

「誰？」我喝問。

他還未回答，左邊一扇門就打了開來，一把冷靜的聲音說：「**是我。**」

我立即看過去，門旁站着一個和我差不多高的瘦漢子。

「教授和美麗的助手，我們來談談如何？」那人非常**淡定**，顯然是個老練的匪徒。

我向石菊使了一個眼色，一齊走進那個房間。房中有另一個帶着黑眼鏡的漢子，正在獨自玩撲克牌「接龍」遊戲。

那瘦漢子禮貌地自我介紹：「我叫尼里——『

心』尼里。」

他又指了指正在玩牌的人說：「這位是范朋——六親不認的范朋。至於閣下兩位的名字，我們已經知道了。」

從他們兩人手上都戴着絲質的**黑手套**，而且手套近腕的位置有着幾道**金線**表示地位，我一看便知，這兩人都是「黑手黨」的首領**！**

「好了，到底有什麼事？」我走到范朋的旁邊，開門見山地問：「不會是邀請我們來看范朋先生玩接龍吧？」

范朋玩着紙牌，頭也不抬，**冷冷**地說：「**快離開巴斯契亞！**」

「如果我們不答應呢？」我笑問。

尼里只是吹了一下口哨，窗外立即**人影幢幢**，還有提着機槍的聲音。我毫不懷疑窗外至少有十多把手提機槍，正準備對付我們。

我向石菊打了一個眼色，然後迅雷不及掩耳地抓住了范朋，將他直提了過來。而石菊也**五指如鈎**，緊緊地扼住了尼里的後頸。

接着「嘩啦」一聲，玻璃窗都被**打碎**了，十多把手提機槍從破窗中伸了進來。

我提着范朋作盾牌，喝道：「開槍吧！」

他們當然不敢開槍，我和石菊便押着兩位**尊貴的首領**，慢慢步出貨倉。

我對石菊説：「你押着尼里回『銀魚』去，將潛水用具都堆在他身上，讓他負着來碼頭找我，**我們今晚就出海！**」

石菊點了點頭。我們出了倉庫後，分道而行。我帶着范朋來到了碼頭，我們租好的那艘船正在碼頭上停着。

碼頭附近有許多帶着黑絲手套的人在**徘徊**，但看到我押着范朋，他們立即像石像般**僵立不動**。

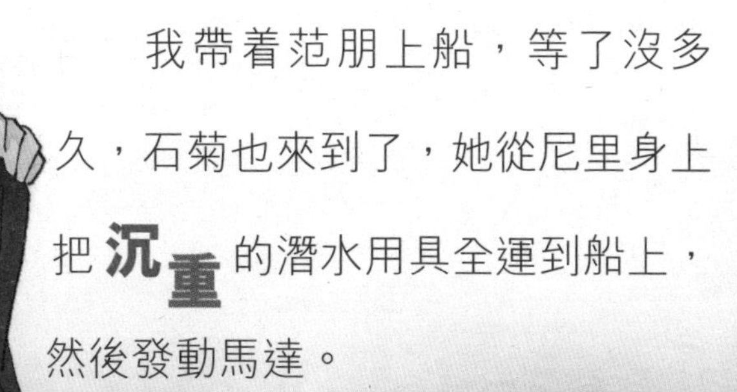

我帶着范朋上船，等了沒多久，石菊也來到了，她從尼里身上把**沉重**的潛水用具全運到船上，然後發動馬達。

范朋驚問：「將我也帶出海嗎？」

我冷笑道：「對，**拿你餵鯊魚！**」

其實，我知道將范朋也押出海並沒有多大用處，所以，在快艇離岸到安全距離時，我便把他推進**海中**，讓他狼狽地游回岸去，同時，我看到尼里在岸上向我們揮手道別。

快艇划破**黑暗**的海面，向前飛馳，我一直在想，**尼里揮手是什麼意思？**總覺得他好像在歡送我們離開一樣。

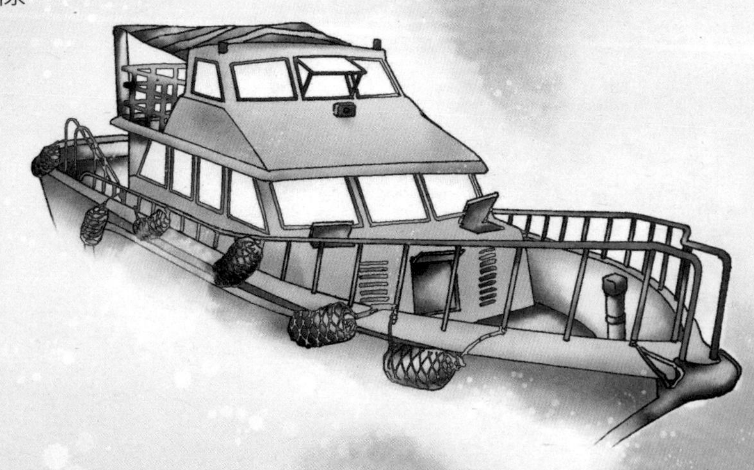

我忽然靈光一閃，**跳了起來**，「他們在船上做了手腳**！**」

石菊呆了一呆，「你是不是太杞人憂天了？」

「**不！**」我在甲板上來回走動，「你不覺得堂堂黑手黨的兩大首領，太容易被我們制服了嗎？」

石菊想了一想，「倒也是。」

「而且，碼頭上有那麼多他們的手下，卻完全沒有反擊我們的意圖，這樣不**奇怪**嗎？」我分析説：「難道他們就不會在我們的快艇上做些**手腳**？」

我很不放心，立刻在船上各處走走，發現一條木柱上貼着一張白紙，紙上寫着：「**衛先生精神可嘉，祝願你能上天堂，而非下地獄。——死神**」

我頓感不妙，連忙把白紙撕去，卻發現白紙之下，原來是一個鑲嵌在木柱上的**計時炸彈！**

00:10:00

第十二章

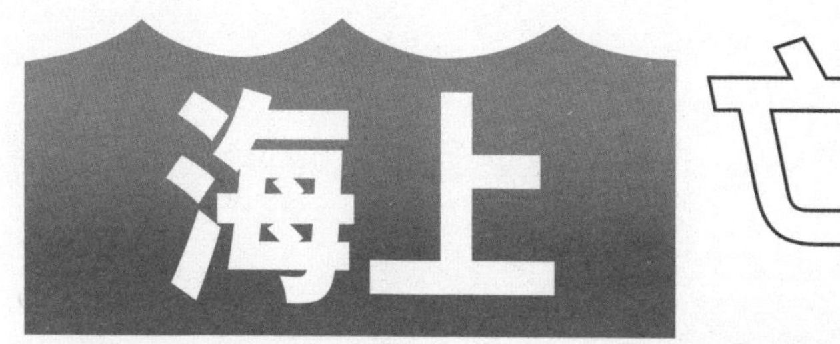

計時炸彈顯示還有十分鐘便會，我急忙對石菊說：「快拿救生圈，躍下海去！」

我們匆匆走到甲板，拿了救生圈，站在船邊喊：「**1、2、3!**」

石菊隨即抱着救生圈跳進海裏，但我卻忽然起了一個念頭，沒有跳下去。

「衛大哥，你幹什麼？」石菊愕然地問。

「你游開去，距離快艇遠一點，我要嘗試把**炸彈**拿掉。」我說。

石菊想游回來，卻被我大聲喝止：「**快游開去！**」

她被我一喝，連忙乖乖地游了開去，與快艇保持距離。

我認為跳海逃生也不是辦法，因為黑手黨就在岸邊等着，我們游回岸去等同送死。所以，我決定把握那**十分鐘**的時間，嘗試將炸彈移除！

當我回到炸彈前面的時候，時間就只剩下**七分鐘**。

炸彈是鑲嵌在木柱上的，我沒有時間慢慢找工具了，況且我也不相信他們會在艇上給我留下任何工具。

我只好雙手抓緊炸彈，用力將它拔出來！

炸彈鑲嵌得很穩固，我使盡九牛二虎之力去拉扯，真怕會不小心引爆了它，所以才會叫石菊游遠一點。

時間一分一秒過去，還有一分鐘就要爆炸了，我幾乎決定放棄。正想着要去跳船的時候，終於奮力一扯，成功把炸彈拔了出來！我捧着炸彈急忙跑到甲板去，像推鉛球一樣，把炸彈向海中心擲得盡量遠。

未幾，炸彈便在水中爆炸，炸出了巨大的水花。

我坐在甲板上喘着氣，石菊也匆匆回到艇上來。

「衛大哥，你沒事吧？」

「只差幾秒我就變成肉醬了。」我笑説。

除去炸彈後，我們安心地全速前進。

當快艇已駛出很遠很遠時，我忽然又感到事情有點**不對勁**：如果死神想炸死我們，為什麼不把炸彈藏得**隱蔽**一點呢？以如今的科技，像火柴盒那麼小的炸彈便足以令我們粉身碎骨了，死神有必要用剛才那麼**大**的一個炸彈，還寫上字條來引我注意嗎**？**

想到這裏，我立即把馬達關掉，快艇停了在平靜的海面上。

「衛大哥，什麼事？」石菊**疑問**。

我把食指放在嘴唇前，示意她不要作聲。

四周靜得出奇，突然之間，石菊驚訝地說：「衛大哥你聽，**這是什麼聲音？**」

我也聽到了，那是「**的……的……**」不斷地響着，像是小型鬧鐘所發出的聲音。

我和石菊幾乎齊聲説：「**是計時炸彈！**」

原來剛才的大炸彈只是煙幕，船上還藏着一個極細小，以致我們根本難以找出來的計時炸彈！

最要命的是，我們不知道它還有多久就會爆炸！

死神就是希望引我們把快艇開到海中心的時候，炸彈才爆炸，即使我們能及時跳海逃生，也無法游回岸上去，在茫茫大海中獲救的機會不到萬分之一。

但我們別無選擇，只能盡快棄船，我對石菊説：「快穿上潛水衣，跳海逃生！」

我們匆匆穿上了潛水衣，解開了兩個救生圈，喊道：

「**1、2、3!**」

這次石菊要親眼看着我跳到海裏，她才肯跟着跳。

我和石菊連忙游離那快艇，沒多久，「**轟**」的一聲巨響，那小艇被炸成了**碎片**！

石菊嘆了一口氣，「好險啊！」

又過了沒多久，天色已**漸亮**，我們看到在前面不遠處，海面起了一個大漩渦。

我心裏**一沉**，連忙將頭埋入海水中，向前看去，只見前面幾十米的位置，一個灰白色的魔鬼正悠閒地擺動着身體！

灰白色的魔鬼！那是一條最凶惡的虎鯊！

我冒出水面，石菊問我：「什麼事？」

「石菊，你千萬要保持鎮定，不要亂動。」我嚴肅地提醒她。

此刻，惟有保持鎮定，不去驚動那灰白色的魔鬼，我們才有逃生的希望！

「是鯊魚嗎？」石菊十分聰明，已經猜到了。

我點了點頭，此時，**那個漩渦距離我們只有二十米了！**

石菊竟毫不猶豫地拔出了一把匕首，我嚇了一跳，「石菊，你想幹什麼？這完全沒有可能會成功的！」

「現在我們還有其他辦法嗎？」石菊反問。

她不等我回應，已推開了救生圈，向魔鬼游了過去。

我也連忙游上前，伸手抓住她的手腕。可是，在她用力掙脫我的時候，刀鋒在我的手掌劃過，一縷血水慢慢地飄了開來！

剎那間，我整個人都麻木了！

血！海水中有了血！

那條虎鯊像突然嗅到血的味道，把臉朝向我們，蠢蠢欲動。

石菊從沒遇過這樣的危險，整個人呆住了，我想也不想就扯了她**向下沉去！**

那條虎鯊突然一個**盤旋**，追着血的味道，向我們滑了過來。我解下了腰間的白金絲軟鞭，向牠那**細小**的眼睛鞭去，而石菊亦趁機握着匕首在牠的肚子上用力一劃，一股鮮血又飄了開來。

我們已**激怒**了可怕的魔鬼，牠是**海中王者**，並非白金絲軟鞭或匕首所能擊倒的，我們的舉動只是垂死掙扎。

就在我們絕望之際，我卻發現海裏有一個**特別細小**的洞口，我連忙拉着石菊游過去。

那虎鯊**凶巴巴**地追着我們，以我們的速度當然逃不掉了，但幸好那個洞口已在我們面前！我們游進洞口，那**巨大**的虎鯊卻穿不過去，嘗試衝撞了幾下之後，便自討沒趣地離去了。

那細小的洞口其實是在礁石堆掩蓋下的縫隙，洞裏面很**大**，也很**明亮**。我們雖然暫時逃過了虎鯊的追捕，卻並未逃出**鬼門關**，因為我們快要窒息了！

剛才與虎鯊搏鬥，情勢危急，幾乎忘了自己已閉氣許久，如今安定下來，才感到快缺氧了。

就在我們快窒息而死的時候，卻發現**洞底竟然堆着十筒氧氣！**我和石菊連忙游過去，戴上氧氣面罩，貪婪地吸着氧氣，肺部立時舒暢了起來。

這是神仙在打救我們嗎？我們正奇怪為何這裏會有那麼多氧氣筒的時候，扭頭一看，發現有一個人在洞的深處，穿着全副潛水裝備，身子直立，卻在緩緩**搖晃**着，而最嚇人的是，**他只有一條腿！**

第十三章

決戰黑手黨

我第一眼看見那個獨腳男人時，還以為他是死神。但當我和石菊游過去一看，才發現他是個外國人，而且已經死了。他不是死了很久，至多三十小時，我估計他是在搬氧氣筒進洞時遇上虎鯊，因而失去了一條腿，當他負傷游回洞裏的時候，卻因失血過多而死亡。

我在屍體身上搜出一本護照，照片上的人正是死者，名字叫佩特•福萊克，從照片看，他的頸上有一個$寶藏$紋身。

石菊看到了，連忙取出一小塊白色的板和一枝筆來，那是特地為潛水者而設的，可以在水底**書寫**，又可以輕易抹去的工具。

石菊寫道：「**難道他就是買了地圖的外國人？**」

我點了點頭，石菊又寫道：「那麼，地圖應該在他身上！」

我小心地再搜了一搜，但是，除了那本護照和一些零碎物件外，並無任何發現。

我也取出了白板和筆來，寫道：「地圖找不到，但寶藏很可能就在這個洞中，否則，他何必準備那麼多的氧氣筒？」

石菊點了點頭，寫道：「我們在洞中找一找？」

於是，我們在那個洞中，沿着洞壁，仔細地尋找起來。但是，我們各自用去了四筒氧氣，仍是沒有結果。

我們只好暫時放棄尋找，從洞口**縫隙**離開，幸好虎鯊已經不在了，我們便匆匆浮上海面去。

這時已經是**白天**，在各自呼吸了幾口天然空氣後，我説：「我們先回到陸地去，準備水、食物和工具，再回來尋找。」

石菊**苦笑**了一下，「是啊，但我們怎樣回陸地呢？」

我們四周都是茫茫大海。

忽然，有一陣馬達聲**自遠而近**傳了過來，沒多久，我看到海面上出現了一個**極小**的黑點。

「**有船來了！**」石菊叫道。

這是我們活命的唯一機會，所以不管對方是誰，我們也只能拚命向那船游過去。不一會，我們已來到船邊，連忙爬上船去。

可是，當站穩在船上的時候，我們立刻就想跳回海裏去，因為「**石頭心**」尼里就在我們面前，握着手槍指着我們，喝道：「**別動！**」

我們是倒了八輩子的霉，**偏偏就上了黑手黨的船！**

「你們居然沒有被炸死？」尼里面露驚訝的神色，「那就讓我來送你們一程吧！」

當他想開槍的時候，石菊手一揚，一道**銀光**射向尼里拿槍的手，整柄槍掉了下來，而他的手掌已插着一把匕首。

我和石菊立刻轉身，正想跳海逃走的時候，槍聲**響起**，四面已有十來個人，握着手提機槍，包圍住我們。

「六親不認」范朋悠閒地**踱了出來**，帶着黑手套的手得意地摸着下巴，「我們又見面了，看你們的樣子，似乎是剛潛完水回來吧。」

此時，尼里已被他的手下扶進了船艙，我便用言語拖延着范朋：「**我要見死神！**」

范朋笑了起來，「死神麼？他大概在蒙地卡羅的賭桌旁邊！」

「**他沒有來？**」我問。

「他既然把事情交託了給我們，又何必要來？」范朋説着，從身上拿出了那幅地圖，展示給我看。

我早前的推斷沒有錯，死神果然已取得地圖，並且交託給黑手黨去尋寶。

「除了尋寶，死神還有一件事交託了我們去辦。」范朋笑了一笑，我自然知道他受託要辦什麼事，那就是幹掉我和石菊。

石菊的身上已沒有第二把**匕首**了，眼看范朋就要開槍之際，我情急智生地說了一句：「你不打算問我，**剛才潛水發現到什麼嗎？**」

我的話成功引起了他的好奇心，他慢慢地垂下了槍，向我走近，然後左右開弓，在我臉上狠狠摑了兩掌**！**

要不是被幾把機槍指住的話，我一定將范朋**撕成碎片！**

「好了，你發現了什麼？」范朋冷冷地問。

「就在這裏告訴你？不上岸去？」我說。

范朋惡狠狠地回應：「**不上岸！**」

這時候，尼里也走上甲板來，他的右手已用紗布緊緊地**包紮**着。

他愈是走近我們，臉部的肌肉愈是**扭曲**，正當他要伸手入袋之際，范朋及時喝止他：「尼里，等他說完再動手也不遲！」

尼里轉過身來，狠狠地道：「他根本沒發現什麼，只是在玩把戲！」說完便**氣沖沖**地走了開去。

范朋向那四個黑手黨徒揚了揚手，他們四人便押着我和石菊，跟在范朋的後面，走進了船艙。

范朋悠閒地躺在沙發椅上，「你說吧！」

「好。」我吞了一下口水，開始說：「我們僥倖逃過了你們的**炸彈**圈套後，在海裏湊巧發現了一個**礁洞**，在那礁洞裏看到了佩特•福萊克的屍體，他是被鯊魚咬死的。」

「那個德國人？」范朋皺了皺眉，「看來他把地圖交給**死神**之前，已經將地圖內容記住了，想搶先一步去尋寶。你還發現了什麼？**快說！**」

我便繼續說：「我們發現那礁洞中有十幾個大鐵箱！」

聞言，不但范朋的眼中射出了**貪婪**的目光，就連其他黨徒的眼中都充滿了貪婪和歡喜。只有石菊帶着**訝異**的目光看着我，因為她知道我在說謊。

我裝出十分**激動**的語氣說：「我們開了其中一箱，范朋，我敢發誓，你一輩子也未曾見過那麼多的寶

物，那完全是天方夜譚中的故事！」

范朋不愧是老大，在其他黨徒已經**陶醉**於發財夢中之時，他卻反而冷靜了下來，**冷冷**地問：「證據呢？」

幸好我在虛構這故事的時候，早已想好了對策。我從身上取出了一塊**扁平**六角形的**藍寶石**，說：「這個就是我順手取來的。」

范朋拉下了太陽眼鏡，只見他的眼珠幾乎**跳了出來**，認真仔細地看着。

在世界上已被發現的藍寶石之中，這顆藍寶石名列三甲之內！那是我前兩年在印度為一個巴哈瓦蒲耳的土王做了點事，對方送給我的。我十分喜歡它的色彩，所以為它鑲上托子，並佩戴在身上。

范朋和那些黑手黨徒都癡迷地盯着這一塊藍寶石。事實上，我早就料到，這美麗得幾乎有催眠zzz力量的藍寶石光芒，一定會令這些貪婪之徒暫時忘記一切！

我將手向范朋伸過去些，范朋又將他的頭伸過來一點。此時，我卻突然五指收攏，將藍寶石緊緊抓住，然後一拳向范朋的下巴擊去。

這一下來得如此突然，任何人都未及防備！范朋中拳後，整個身子向上飛了起來，「砰」的一聲撞在燈上，船艙裏頓時漆黑一片！

我和石菊早已看準逃走的方位，立刻趁機從船艙的另一端逃出去。

船艙內響起震耳欲聾的機槍聲，但那些槍聲卻來得那麼短促，不一會便停止了，接着是機槍相繼掉地的聲音，顯然那些黑手黨徒已經在漆黑中吃飽了子彈。

此時，尼里和另外幾名黑手黨徒聞聲趕來，我和石菊連忙又退回船艙之中，踢開了一具屍體，奪過一柄手提機槍，向着艙口狠狠地開火！

這一切只不過是五分鐘之內的事，船上所有黑手黨徒都倒下了。

我連忙取回藍寶石，石菊拿了地圖，然後我們便一起開救生艇離去。

石菊在救生艇上問我：「衛大哥，接下來怎麼辦？」

「鬧出了這麼**大**的事情，恐怕短期內也不便再到那位置尋寶了。」我凝神望着岸邊，「范朋説死神正在蒙地卡羅，我們何不趁這段時間去會一會他**？**」

第十四章

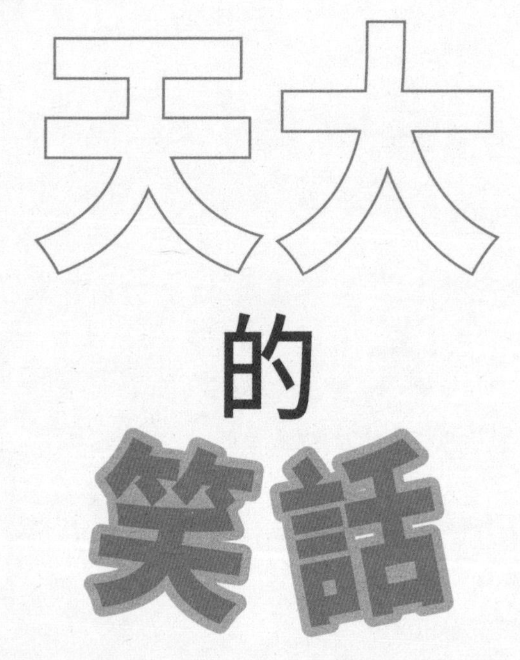

我和石菊上岸後，立刻前往蒙地卡羅。

途中，我們仔細地看過那幅地圖，尤其是背面的德文，我一直未有機會細看。由於**磨損**和**褪色**，有些文字已經**模糊不清**了，我和石菊費了不少工夫，將整段文字推敲翻譯出來，相信那是日記的一部分，內容如下：

「奇怪的任務來了，令全船人都忙碌不已，我以為是有要員來到，但來的卻是達雨中校與六個近衛隊員，以及六個大鐵箱。鐵箱沉重得不可想像，我想伸手摸一下，就捱了一下耳光。我們駛到巴斯契亞港外停了下來，近衛隊員帶着箱子潛下海去，我覺得很不尋常，但是我們卻奉命不准上甲板。我深信那六個大鐵箱一定藏着非常重要的東西，於是我記下了我們所在的位置，那是緯度四十二度八點零七二分，經度——」

那段文字中，經度的數字已**模糊**到無法辨認的程度，雖然經度未知，但緯度卻記錄得十分準確，

我和石菊頓時對尋得這筆寶藏充滿信心！

接連三天，我和石菊出入蒙地卡羅各大**豪華賭場**，尋找死神的「**蹤影**」，卻沒有發現。

我們幾乎每天換一間酒店，全都是當地第

一流的酒店，希望碰碰運氣能遇上死神。

到了第四天，我和石菊又轉到另一家酒店的時候，死神倒沒碰上，卻遇到那個**國際警察組織**的納爾遜先生。

他像追捕罪犯一樣，追着我們進酒店房，「**等等！**」

納爾遜伸手撐住了門，**滿面笑容**道：「衛先生、石小姐，你們每天轉換一間酒店，是在逃避什麼嗎？」

我不知道他的用意何在，便隨口回答他：「想看看哪間酒店的風水有利我們**賭$錢$**而已。」

此時，納爾遜已經老實不客氣地走進房間，坐在沙發上，「衛先生，你不像個嗜賭的人啊。」

我立刻回敬道：「你也不像個跟蹤狂呢。」

納爾遜哈哈地笑了起來，「衛先生，我很佩服你的為人，但不贊同你對國際警方的態度。」

我自然明白他的意思，他還在埋怨我不和國際警方合作。

我只是微微一笑，「納爾遜先生，你不能強迫一個人去做他不願意做的事。」

納爾遜笑得更厲害，「沒錯，我絕不能勉強別人，但偏偏就可以勉強你。」

聽到他說話如此具**攻擊性**，我也毫不客氣，向他下逐客令：「納爾遜先生，我想你應該去忙你的公務了！」

「**我在這裏就是為了公務。**」他坐着不動。

「哦！」我諷刺地說：「難道你的公務就是來酒店聊天，到賭場賭錢嗎？」

納爾遜笑了笑問：「那麼以你看來，我的工作應該是什麼呢？」

「**去抓罪犯！**」我簡潔地回答。

「那麼，我正在做着我的工作。」他的回應也很簡潔。

「這麼說來，我們兩人是**罪犯**了？請問我們犯了什麼罪？」我問。

「**謀殺！**」納爾遜忽然嚴肅認真地說。

我幾乎**跳了起來**，心裏有種**不祥**的預感！

「衛先生，巴斯契亞鎮附近海域那宗大案件，我想你不會沒聽過吧？我們在一柄手提機槍上發現了你的**指紋**，

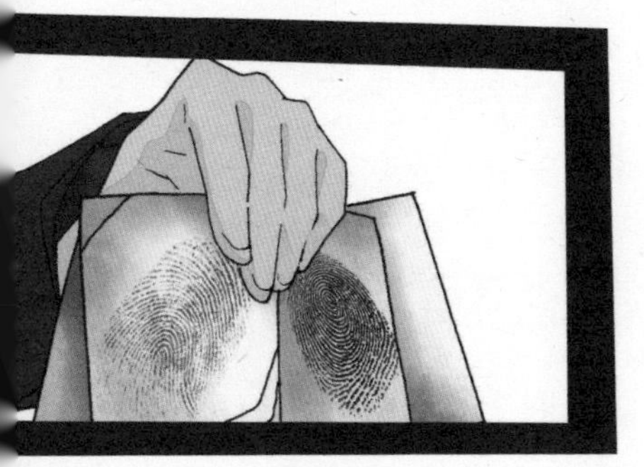

這件事你怎麼解釋呢？」納爾遜從衣袋裏摸出幾張照片，遞了過來。

照片中，那槍柄上滿是我的指紋**！**原來納爾遜已掌握了這張**王牌！**

我強笑着，卻無話可說。

石菊忽然**激動**地叫道：「殺了那些人又怎麼樣？難道他們不該死嗎？你們警方不是也想除去他們嗎？」

納爾遜點了點頭，「說得沒錯，他們都是**罪大惡極**的通緝犯，死有餘辜。不過，除非衛先生是警方人員，在執法期間遇到反抗而開槍；否則，衛先生的行為就是**謀殺**了。」

我明白他的意思，他要勉強我做的事，就是成為國際警方的一分子，提供他們所需的情報。

我忍着不滿，說道：「納爾遜先生，你想知道什麼，**問吧！**」

「我想知道，死神和黑手黨到底合謀要做什麼**？**黑手黨為什麼會去巴斯契亞**？**你們又為什麼會牽涉其中**？**」

我知道石菊不想我把寶藏的事告訴警方，所以我準備回答「不知道」。可是還未開口，石菊卻快了一步回答：「**是為了寶藏！**」

「什麼寶藏？」納爾遜大感興趣地追問。

「**隆美爾**。」

石菊終於說了出來，我心中感到莫名的難過，我知道石軒亭吩咐她千萬不能洩露此事，如今她違反師命，即使是掌門人的女兒，恐怕下場也會跟黃俊一樣。

但納爾遜聽了之後，居然捧腹大笑起來，我和石菊都感到**莫名其妙**。

他笑得咳嗽起來，邊笑邊說：「隆美爾的寶藏價值三十億美元，得到了它，便可以成為**超級鉅富**，哈哈，

一幅破布上有地圖，地圖後面有文字，寫得很**神秘**，只有經度，啊不，有些是只有緯度，是不是？親愛的先生小姐，這樣的地圖，在巴黎街頭向遊客兜售的時候，**只值十美元！**」

我和石菊呆了半晌，我才**結結巴巴**地問：「納爾遜先生，你是說那是假的？」

納爾遜又笑了一會，「你說呢？巴黎街頭有很多這種地圖，它們有些只有經度，有些只有緯度，而且，不同攤檔所賣的版本也有所不同，各種經緯度都有。**那你覺得會是真嗎？**」

按他這樣說，地圖可能是假的，但我深信隆美爾的寶藏卻是真實存在的，否則，黃俊從哪裏得來那些價值連城的**鑽石**？而且，看鑽石琢磨的**形狀**，確實是一九三〇至四〇年間最流行的款式。

納爾遜又笑了一下，「你們也有一幅地圖，對吧？可以讓我看一看嗎？」

我望向石菊，石菊點了點頭，我便取出了那幅地圖。納爾遜只看了一眼，又忍不住大笑起來，「**果然是巴黎街頭十美元的玩意！**」

他揮了揮手道別，笑得連「再見」也說不出聲，我和石菊兩人的臉都**紅**了起來。

納爾遜離開了房間不久，我突然想起槍柄有我**指紋**的事，便立刻追出去，想問他能否幫我銷案。

可是，當我一踏出房門，便發現有兩個人在走廊盡頭走過，雖然只能見到兩人的側面，但我卻有八成肯定他們就是死神和黎明玫！

我悄悄追了過去，發現他們進入了**417**號套房。我立即又轉過身，回到自己的房中，把石菊拉了出來。

「**我找到他們了！**」我低聲說。

「誰？」石菊問。

此時，我們已來到**417**號套房的門前，我沒有回答石菊，而是用掌力把門推開，讓她直接看到答案。

房間內，我們看到的，**果然是死神和黎明玫！**

第十五章

死神的蜜月

「明玫，看看是誰來了！」死神**微笑**着說。

黎明玫當然也在望着我們，她臉上的神情異常複雜。

我將門關上，小心地看了看周圍，死神笑道：「放心，沒有人會在**蜜月房**中埋伏幾個打手的。」

「蜜月房」三個字像**利箭**一樣刺入我的心！唐氏三兄弟沒有騙我，**我心目中的女俠黎明玫，真的要和大壞蛋結婚！**

「黎小姐，他是不是拿什麼來威脅你？你不用怕他的，我們會幫你！」我激動地說。

死神微微一笑，「衛先生，同樣地，蜜月房也不歡迎不速之客。你再騷擾我太太的話，我只好叫保安了。」

他一面說，一面向電話走去。我立即一個箭步竄前，快一步將電話線拉斷。死神揚起手杖，我便飛起一腳，踢在他的手杖之上。死神後退了一步，「砰」的一聲從杖尖射出了一顆子彈，聲音卻不是很大。我伸手抓向他的手杖，死神的手臂一縮，手杖向我的手腕直敲過來！

我閃身避開他的攻擊，同時足尖勾在他的假腳上，他的身子一個不穩，被我勾跌在軟軟的地毯上。

我正想乘勝追擊教訓他的時候，黎明玫卻喝止了我：

「**住手！夠了！**」

黎明玫扶起了死神，向我們下逐客令：「你們走吧！」

「你說什麼？她是石菊，是你的女兒，你不是想見她嗎？要走就一起走。」我說。

黎明玫顯得十分**冷漠**，搖頭道：「**我不走！**」

「石菊等着要搞清楚她的身世，你為什麼不跟我們走？」

黎明玫向石菊望了一眼，「她的身世與我何干？而我和你更毫無關係！」

石菊**狠狠**地瞪了黎明玫一眼，罵道：「**叛徒！**整個北太極門都流傳着你的醜行，我今天總算是親眼見識到了！」

死神立時警告石菊：「**你出言要謹慎些！**」

石菊卻大笑起來，「我只是說事實，好一對賊男女，真是天造地設的一對！」

「**你不能這樣罵你的母親！**」我對石菊當頭棒喝。

石菊哈哈大笑，「母親？衛大哥，我本來還有幾分信你的話，但現在我根本不信！」

黎明玫突然轉過身來，臉色**白**得可怕，「衛先生，你對她說了？」

我點了點頭，「你對我說，她是你的女兒，我為什麼不能說？」

黎明玫一聽便狂笑，笑得咳嗽起來，連**眼淚**也咳了出來。但我看得出，她的咳嗽，無非是為了**掩飾**她的流淚。

她一面笑着，一面咳着，一面流着眼淚，說：「你是我所遇到過最大的**大傻瓜**，一句謊言就讓你信以為真了！我怎可能會有一個這麼大的女兒呢？哈哈！」

我苦着臉，**傷感**地説：「你是我最**崇拜**的人，雖然我不知道你為什麼要承受着這樣的苦楚，但我一定會盡力弄清真相，把你解放出來的！」

黎明玫呆了一呆，又大笑起來，但這次笑得更**生硬**和牽強，「你的話可笑至極！兩位請快走吧！」

「衛大哥，我們還在這裏幹什麼？」石菊已不耐煩地開了門，將我拉出房外，然後「**砰**」的一聲將門關上。

我懷着失落的心情回到自己的房門口，石菊打開門，將我推了進去。我向前跌出了幾步，剛想站直身子時，突然有人握住了我的手臂，另有一件**硬物**抵住了我的腰。

同時，沙發上有另一個人拿着槍向石菊喝令：「**將門關上！**」

石菊看到這形勢，只好照做。接着，又有第三個人現身，叫道：「師妹。」

我側頭一看，**那人正是黃俊！**

石菊臉色**發青**，「黃師哥，這兩個人是你帶來的？」

黃俊走過來，點了點頭。

「你想將我們怎麼樣？」石菊**尖聲**問。

「師妹，我們兩人從小一起長大，也曾經**相愛**過，我實在不想傷害你，只是——」黃俊一臉痛苦的神色，「我所愛的人落在人家手中，我才不得不將你們拿去交換。」

「**跟誰交換？**」我連忙問。

黃俊搖頭道：「我不能說。當初他們的條件是要我交出藏寶地圖，但現在，對方要我將你們兩人拿去換施維婭。」

「我有一句話要問你。」我說。

黃俊瞄了一下拿槍的那兩個人，猶豫了一會，沒有說話，卻以腳尖點地，用鼓語回應：「**如果你聽得懂鼓語，我就回答你。**」

恰好我能聽懂，我猜他有些話不方便在那兩人面前說，於是便配合他，以鼓語問：「**你得到了寶藏嗎？**」

黃俊足尖點地回應：「沒有。」

我又以鼓語追問：「那麼，**那袋鑽石你是怎樣得來的？**」

黃俊回應：「施維婭給我的。」

不難推測，黃俊口中的「施維婭」就是我曾看過那照片中在麥田上**奔跑**的外國少女。

我再追問：「她是$富家女$嗎？」

黃俊似乎不想透露太多，突然站起來說：「**走吧！**」

兩個持槍大漢押着我們離開，沒有人發現我們是被槍威逼着的，而我們兩人也不敢輕舉妄動。我們上了計程車，然後又在一個**僻靜**的地方轉了一輛大轎車，他們在我們的眼睛上貼了黑布，使我們**不見天日**。

車子經過了一大段路後，終於停住，我們被帶下車，槍管依然抵着我們的背脊。

我很快就聽到一把女子聲音喊叫：「**黃！**」

同時，黃俊也叫道：「**施維婭！**」

接着，我聽到應該是他們兩人飛奔擁抱的聲音，然後有一把陌生的聲音說：「黃先生，你絕對不能對任何人提起這件事，否則，你的愛人便會回到這裏來，你明白了嗎？」

「我明白了！我明白了！」黃俊唯唯諾諾地答道。

我聽到他們的腳步聲遠去，接着就是汽車引擎啟動的聲音，黃俊和施維婭已經離開了。

那兩名大漢又押着我們前行，走上了一段石階，我感覺自己已進入一個房子內。

我聽到他們離開關門的聲音，便試探地開口問：「**我們可以除去眼上的黑布嗎？**」

沒有人回應，這表示房內只有我和石菊兩人，我們便脱下黑布，看看這裏到底是什麼地方。

第十六章 神秘敵人

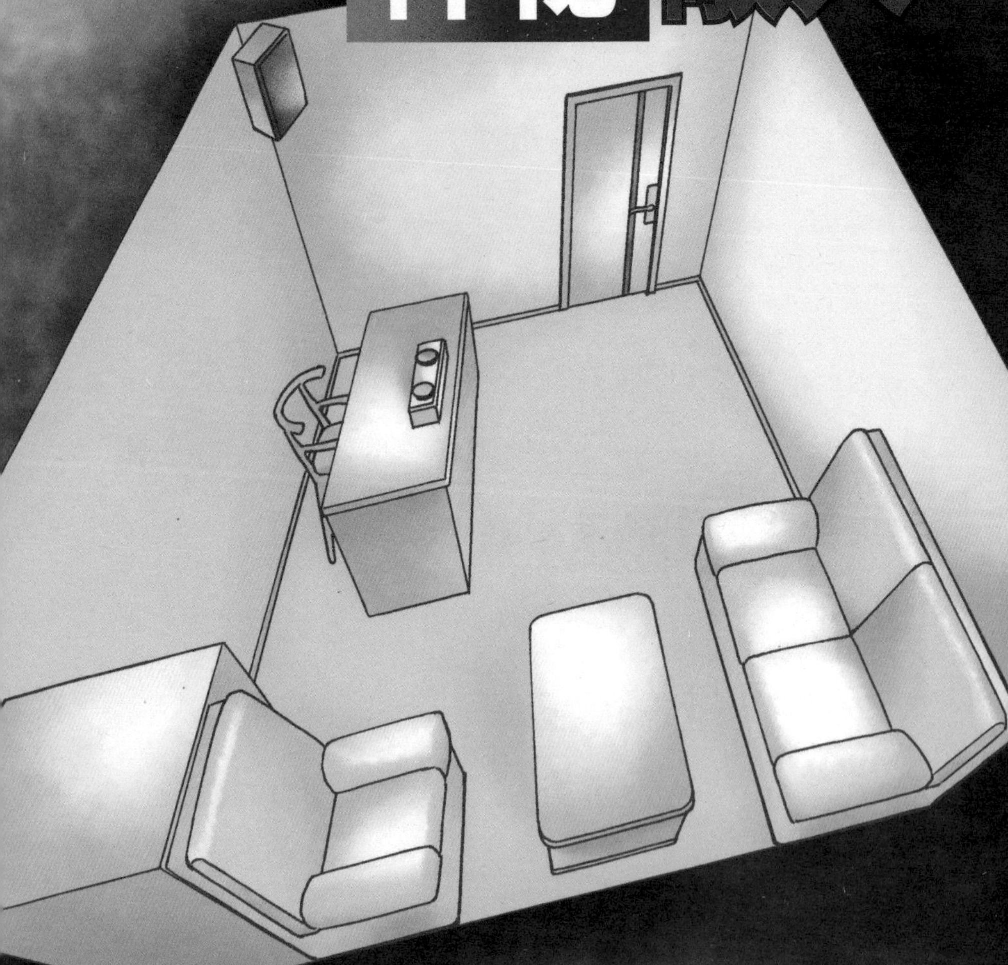

除去黑布後，我和石菊發現我們正身處一間沒有窗戶的書房中，我們嘗試去打開大門，卻怎樣也打不開。

我們坐了下來，便有一把聲音從屋角傳出：「兩位不用**緊張**，我們只要兩位的合作。」

我抬頭看去，屋角裝着**擴音器**，當然，我們的話他也能聽到，我便問：「你們是什麼人？」

擴音器裏回應：「這個你們不必理會，你們只需要決定是合作，還是不合作。」

「是什麼樣的合作，我們總要知道吧？」我問。

那聲音説：「關於那**隆美爾的寶藏**，其中有一部分東西，對你們是毫無用處的。」

我猛然吃了一驚，沒想到只是在渡輪上吹一下海風，竟會給我惹下那麼多的麻煩**！**傳説中的隆美爾寶藏裏，有一部分貴重金屬是「**鈾**」。我一聽便知，他們所指的東西就是這種**放射性元素**。這東西對一般人毫無用處，但對想發展核武的國家來說，卻比任何東西都珍貴。

那就是說，**我已經捲入了國際間諜鬥爭的漩渦中！**

我呆了半晌，才說：「先生，恐怕你找錯人了，因為到目前為止，我們就只得一張藏寶地圖而已！」

「那張地圖是毫無價值的東西。」

「既然你也知道，那還抓我們幹什麼？」我問。

那聲音說：「你不用故弄玄虛了，有價值的東西都被你藏了起來。」

聽到這句話，連石菊也不禁懷疑地望了我一眼。我感到莫名其妙，委屈地說：「我不明白你在說什麼。」

那聲音馬上**嚴肅**起來：「廢話少說，你們好好想一想，願意合作的話，就按書桌上**紅色**的按鈕；如果需要什麼，就按**藍色**的按鈕。我等你們的好消息。」

我立即走到書桌旁，用力按那紅色按鈕。擴音器中立即響起那人的聲音：「這麼快就有決定了？」

我大聲叫道：「**放我們出去！**我告訴你，你們得到了錯誤的情報，**我根本沒有你們想要的東西！**」

那聲音冷冷地說：「冷靜點！考慮好了，再按紅色按鈕！」

我**怒不可遏**，想再按紅色按鈕痛罵那人的時候，石菊卻低聲勸我：「我們不如點些食物，看他們如何派人送來？」

這是個好主意，我立刻改按藍色按鈕，另一邊屋角傳來一把女聲：「先生，你要什麼？」

「兩客豐富的大餐，還要兩柄手槍，裝上滅聲器的**！**」我說。

後面那句當然是我的氣憤之言，可是不一會，那女子的聲音居然說：「兩客大餐需要時間準備，***槍先送來了。***」

我吃了一驚，問：「在哪裏？」

那女子並沒有回答，只聽到門外傳來**敲門聲**。

我和石菊連忙跑到門口嘗試開門，可是怎樣也打不開，我怒罵：「你敲什麼門？我們都打不開，要開你自己開啊！」

這時候，那女子的聲音又從屋角響起：「**槍已放在靠牆的茶几上了。**」

一聽她這樣説，便知道我們中了**聲東擊西**之計，敲門聲只是為了引開我們的注意，而另一邊卻悄悄把手槍送進來。

我們回頭一看，茶几上果然已放着兩柄手槍，而且都裝上了滅聲器。我拿上手檢查了一下，裏面確實有**子彈**。

他們這樣「**有求必應**」，當真出乎我的意料之外。

石菊用槍指向大門，想開槍嘗試打開那道門，但這次輪到我低聲勸止她：「不要衝動，他們毫不猶豫地給我們手槍，那表示手槍根本幫不了我們逃出去。我們暫時不要打草驚蛇，先看看他們怎樣送食物進來，再想辦法逃出去。」

沒多久，那女聲又說：「你們要的午餐到了。」

這時，大門又響起敲門聲，我們當然不至於笨到再中一次計。我和石菊坐在沙發上，金睛火眼地盯着四周的情況。

可是忽然之間，房裏的燈全都熄滅了，黑得伸手不見五指。我只聽到一些機械運作的聲音，前後不到十秒，燈又亮了，而茶几上已放着兩份豐富的午餐。

那女聲說：「請慢用。」

我們一臉無奈地看着那兩份大餐，實在沒料到他們有關燈這一着。

我和石菊一邊進餐，一邊像偵探般**檢視**茶几四周的環境，當見到茶几上方，掛在牆上的一幅油畫時，我們不約而同地交換了一個眼神，彼此都覺得**機關**就在那油畫上。

吃過大餐後，石菊躺在沙發上，我也懶洋洋地按下書桌上**紅色**的按鈕。

那聲音問：「有決定了嗎？」

「我決定——」我打了一個呵欠，「先睡一覺，睡醒了再和你合作，**睏死我了！**」

「好。」那聲音回應道。

我走向沙發，懶洋洋地躺下，大聲喊：「**把燈關掉吧！謝謝！**」

他們果然回應了我的要求，把燈全部關掉，就像剛才黑得伸手不見五指的情況。這樣的話，他們就算有**攝像鏡頭**，也看不到我們在幹什麼了。

我和石菊立即摸黑行動！我們早已盤算好整個行動的步驟和記住了所需物品的位置，非常小心和安靜地把椅子、沙發、茶几等等，在油畫下方**堆疊**起來，讓我們可以爬上去。我檢查了一下那幅油畫，發現是可以通過**機械**控制來移動的。

我使出十成的力度把油畫向橫推開，背後果然露出了一個**洞口**。

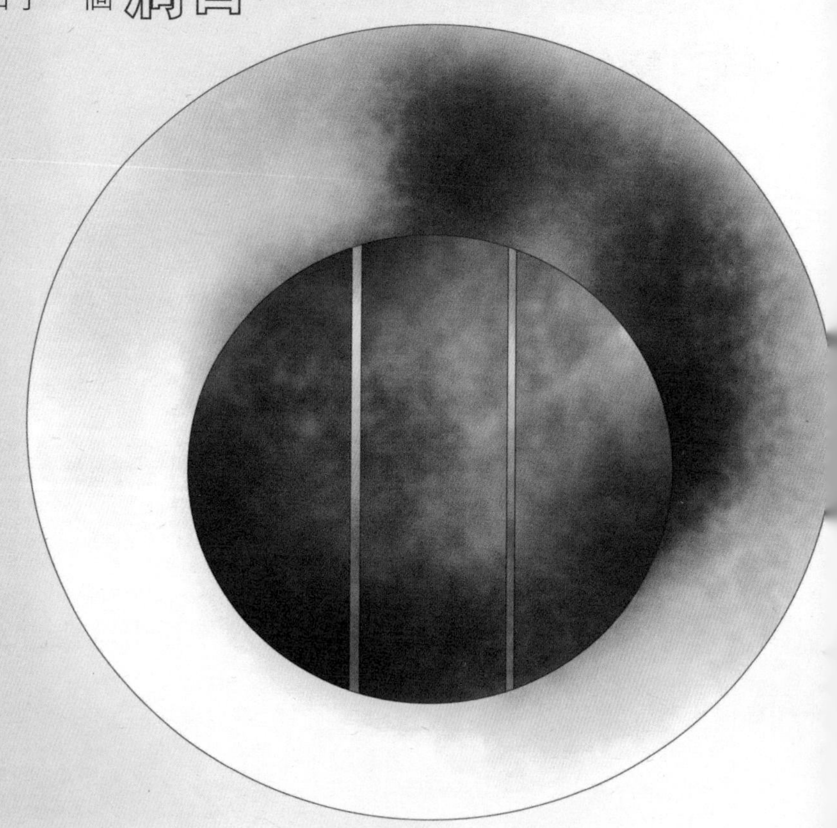

我拿出手機，伸進黑洞裏，亮起補光燈，可以看到那是一個**直上直下**的洞，像是一個小型升降機

槽，洞中還有兩條不是很粗的鋼纜。

「**衛大哥，我們沿鋼纜爬下去！**」石菊低聲説。

「不！鋼纜可能有**電**的。」我用手機照了一下洞底有多深，大概是三層樓的高度，以我和石菊的武術根底，**跳下去**應該不成問題。

「我們跳下去，但要小心，不要碰到鋼纜。」我輕聲地説。

石菊點了點頭，先躍了下去，她身形苗條，體態輕盈，自然難不到她。

我深吸一口氣，也**跳了下去**，幸好能成功着地，到達洞的底部。我又打開了手機的補光燈，四處照一下有沒有出路，只發現一個**通風口**。

我們只好碰碰運氣，拆下通風口的蓋，鑽了進去，希望可以沿着通風管道逃出去。爬了十多分鐘，我們聞到了油煙味，便循着氣味的方向爬，到達了廚房，推開通風口蓋，跳進廚房之中。

此時，廚房中只有兩個人在收拾清潔，我們輕易地制服了他們，問：「這裏是什麼地方？」

「廚房。」

「哪裏的廚房？」我真想打他們一巴掌。

「**XX國領事館。**」他們說。

XX是一個國家的名字，但我不方便透露是哪一個國家，所以用XX來代替。

我們押着這兩個人，命令他們帶我們去找領事的房間。不一會，我和石菊已置身於華麗的領事房間中。一個人目瞪口呆地坐在皮椅子上，我關上了門，開口便問：「你是XX國的領事？」

他面如土色地點點頭，「是，我叫G。」

他的身子在微微抖動，我看得出他正伸手往桌底拿東西，我和石菊連忙舉槍指着他，「別動！這柄手槍是你給我的，我不希望用它來射你！」

他冷冷地說：「對，所以我知道它沒威脅。」

我聞言立即試開幾槍，發現子彈果然射不出來。

此時，G便趁機從桌底抽出一柄象牙手槍，指向我們，石菊卻以迅雷不及掩耳的速度擲出了手裏的槍，擊中他的槍，那象牙手槍便應聲掉在地上，我漁人得利，迅速把槍撿起來，並瞄準住他。

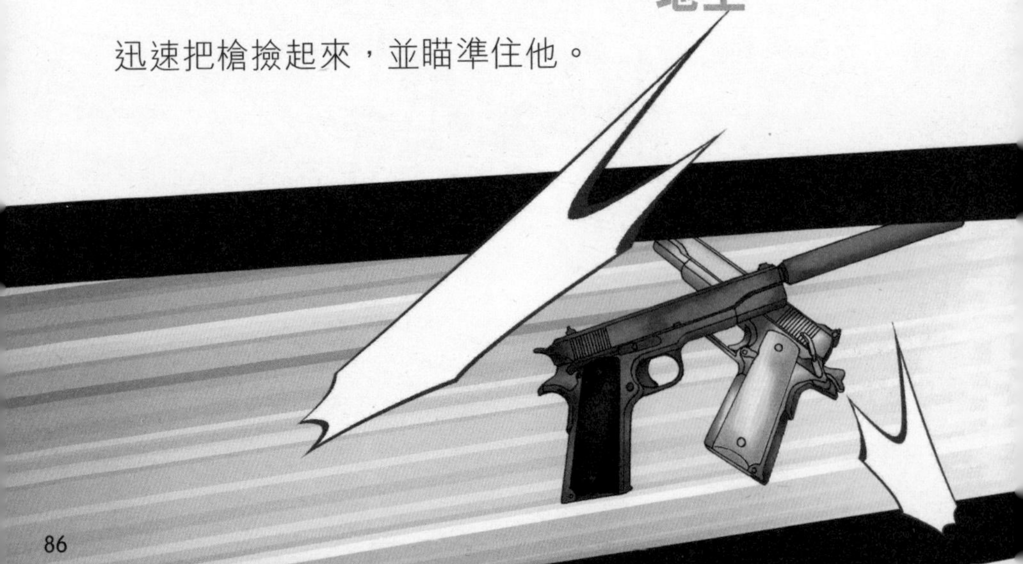

「現在這把槍有威脅了吧？」我***神氣***地說。

只見G的臉色很**難看**，忽然跪在地上，哀求道：「在你們殺我之前，可否答應我一個要求？」

「你說。」

「**求你們不要把我們國家需要那東西的事公開。**」他誠懇地哀求。

他真是個 忠心**愛國** 的人，此刻還只想着保守國家機密。

「好，我們答應你。」我説。

他放心下來，把頭抵到我的槍尖上，閉目待斃。

我笑了笑説：「**誰說要殺你？**」

他露出**愕然**的神情。

「我只想問你一個問題，**你們為什麼會認定我已經得到了寶藏？**」我問。

「是一封**神秘**電郵告訴我的。」

我覺得很好笑，「你憑什麼相信一封陌生電郵？」

「**有證據的！**」G領事説。

「什麼證據？」我愈聽愈糊塗了。

G領事也很訝異地看着我。他走向一個保險箱，**旋轉**了號碼盤，拉開了門，又從裏面取出一個小保險箱來。費了不少工夫，打開了小保險箱。當看到他拿在手中的東西時，我和石菊兩人都驚呆住了！

第十七章

夢幻般的鑽石花

在他手中的，

是一朵鑽石花！

那是舉世聞名的珍寶，

本來屬於一個 **法國** 富商，

但在第二次世界大戰中失蹤了。國際珠寶市場一直在等着它的出現，如今它卻出現在我的眼前！

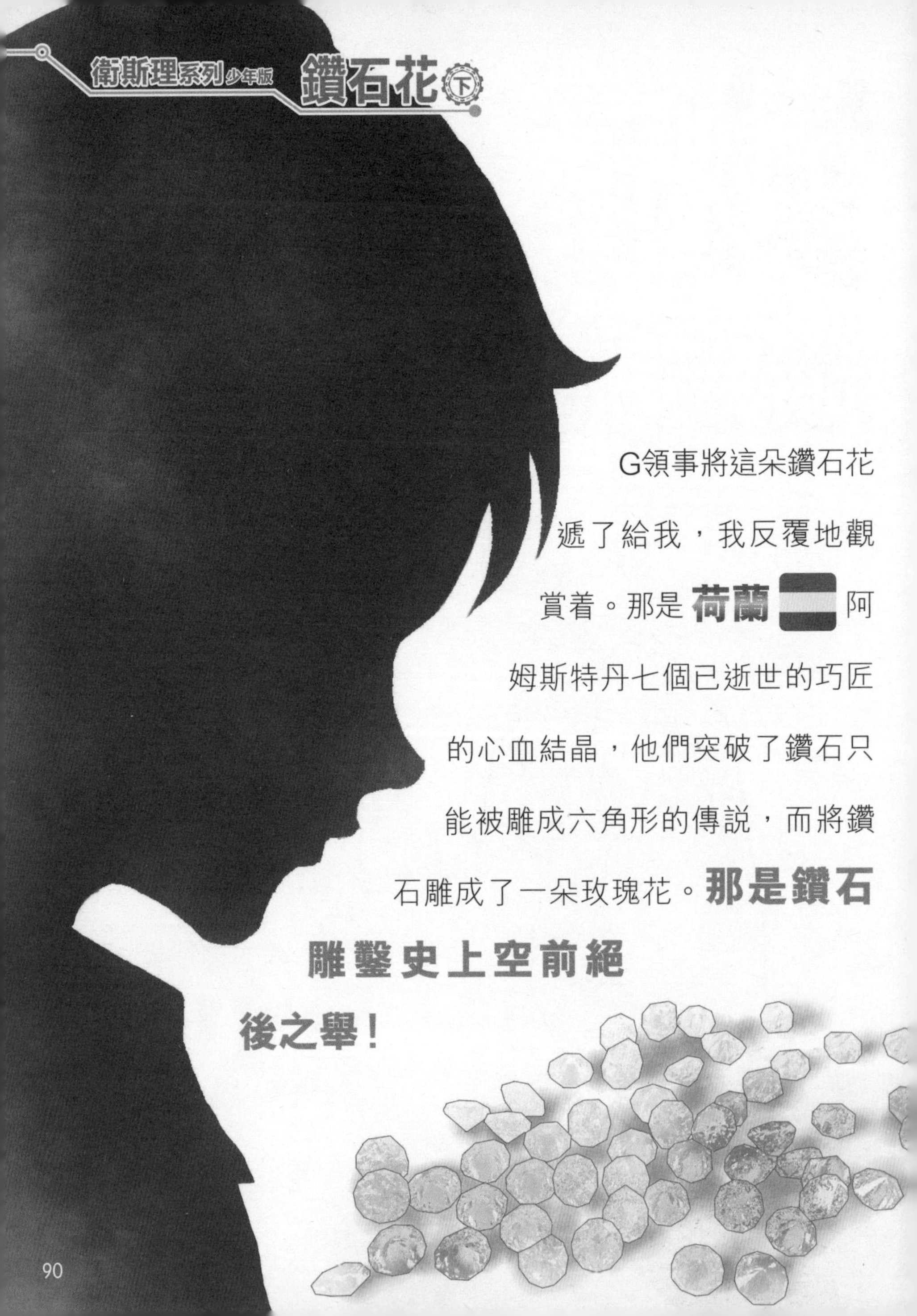

G領事將這朵鑽石花遞了給我，我反覆地觀賞着。那是**荷蘭**阿姆斯特丹七個已逝世的巧匠的心血結晶，他們突破了鑽石只能被雕成六角形的傳説，而將鑽石雕成了一朵玫瑰花。**那是鑽石雕鑿史上空前絕後之舉！**

「這與**隆美爾寶藏**有關？」我問。

G領事說：「我們發現，隆美爾曾給希特拉一封私人信件，說他得到了這朵鑽石花，準備讓希特拉送給情婦。但結果未能成事，隆美爾就接到希特拉的命令，將所擄得的一切財寶，全部藏於海底，包括這朵**鑽石花**。」

我立即反駁：「這朵鑽石花的出現，也只能證明有人發現了隆美爾的寶藏，但不能證明那個人就是我！」

「**這朵鑽石花，是我派人在你住所裏搜出來的！**」G領事說。

事情總算有點眉目了，我**苦笑**着說：「顯然是有人想令你相信我得到了寶藏，所以將這朵鑽石花插贓在我家中。」

G領事**詫異**地問：「是誰？居然連鑽石花都不要？」

我馬上就想起了黃俊，因為他也有一袋疑似隆美爾寶藏的珍貴**鑽石**，而且他也將那些鑽石拋到大海不要。

但黃俊為什麼要這樣做，我一時間也想不通。

我不希望G領事的國家能得到鈾元素研製核武，所以我沒告訴他，只說：「我也不確定是誰誣陷我。」

他顯得非常失望。

我將鑽石花歸還給他，他卻轉贈給石菊，說：「這朵鑽石花本來就是從你家裏拿的，現在我代你送給這位小姐吧。如此高雅的珍寶，當然要配獨具氣質的美人。」

他顯然是誤會了我和石菊的關係，我認真澄清的話，反而會大煞風景，便開玩笑道：「那我這種氣質應該配什麼？」

他指着我手上的象牙手槍，笑說：「**配這把槍。**」

我明白他的意思是把這柄象牙手槍送給我，我也老實不客氣地道了謝。

我們離開領事館，坐車回酒店的途中，我腦裏依然充滿?**疑問**?。

鑽石花真的是黃俊插贓給我的嗎？

他怎樣得到鑽石花的？也是施維婭給他的嗎？他又為什麼要嫁禍我呢？

此時，石菊正滿心歡喜地把玩着鑽石花，細細欣賞。

我卻不識好歹地伸手説：「把鑽石花給我。」

「做什麼？」她問。

「我想把它送去化驗一下是否真品。」

石菊竟以**懷疑**和**憎恨**的眼神瞪着我，「**藉口！**」

我大感委屈，「什麼藉口啊？難道你懷疑我堂堂衛斯理會騙走你的鑽石？」

「你想把它轉送別人！」石菊指責我。

「送給誰？」我聽得**一頭霧水**。

「**黎明玫！**」石菊說。

我立刻哈哈地笑了起來，

「你誤會了，我對你媽只是欣賞和崇拜，她是我的**偶像**。」

「**那叛徒不是我媽！**」石菊嚴正澄清。

「難道你看不出你們兩人是如何的相似？」我問。

「一點都不似！」石菊負氣地說。

「好吧，不管你們似不似，你先把鑽石花給我，我答應一化驗完立刻還給你，好嗎**？**」我又向她伸出手。

她瞪了我好一會，突然在司機的肩頭上一拍，「***停車！***」

司機將車停住，她一個轉身，打開車門，拂袖而去。

我想追她，但見她攀住了一輛貨車，向前疾馳，轉眼就在車群中失去了蹤影。

我正一臉茫然的時候，司機卻在嘲笑我。

「笑什麼？」我怒問。

「你居然敢拿走女孩子手上的鑽石，我對你倒是佩服得很。」司機笑説。

他的話有如對我當頭棒喝，我一直把石菊當作一個傳統習武之人，卻忽略了在鑽石面前，所有少女的心其實都是一樣的。

回到酒店，我一邊等待石菊回來，一邊調查施維婭的身分。我和G領事通了一個電話，問他是在什麼地方找到施維婭的。他説了一個地名，就在巴斯契亞鎮的附近，施維婭在那裏土生土長，是一個孤女，帶着遊客潛水射魚和採集貝殼為業。她自十三歲便開始潛水，如今至少有七八年了。

我心裏想，在那七八年之中，她是否湊巧發現了寶藏呢？如今她和黃俊可能已回到她的家鄉去了！

過了大半天，石菊還是沒有回來。我有點擔心，便租了一輛車子，開車兜遍所有小路，向每一家路邊的汽油站和飯店打聽石菊的下落。

雖然沒有石菊的消息，但我卻在一家飯店看見一位很面善的老者，可是一時之間又想不出他是誰。

我找了個隱蔽的角落坐下來，暗中觀察。那是一個約莫六十上下的老者，在他身旁還坐着四個漢子。

我取出了那具手機形的偷聽器，插上耳筒，偷聽他們的對話。

那老者說：「**她是和死神在一起嗎？**」

只聽一個大漢回答：「是，他們正在蒙地卡羅。」

那老者口中的「她」，分明是指黎明玫，我大感驚訝，**他跟黎明玫到底是什麼關係？**

那老者又問：「死神身邊有什麼高手？」

那大漢回答：「早年黃河赤水幫中其中一個龍頭！」

我聽到此處，心中又是一陣亂跳！因為黃河赤水幫是中國最為**秘密**的一個幫會，共有十二個龍頭，全是獨當一面的高手，而且行蹤**神秘**。

那老者叮囑道：「那我們要小心點。黃俊那小子呢？你們找到了沒有？」

一個大漢說：「沒有，但我們卻找到了小姐。」

那老者「**哼**」了一聲問：「她怎麼了？」

那大漢說：「聽說她和揚州瘋丐金二的徒弟在一起，我們發現她時，她正一個人在路上亂走，但並沒有看到金二那徒弟。」

聽他們講到此處，我心中更是**吃驚**，因為他們口中的揚州瘋丐金二的徒弟正是我，而毫無疑問，這位老者就是石菊的父親——**北太極門掌門人石軒亭！**

第十八章

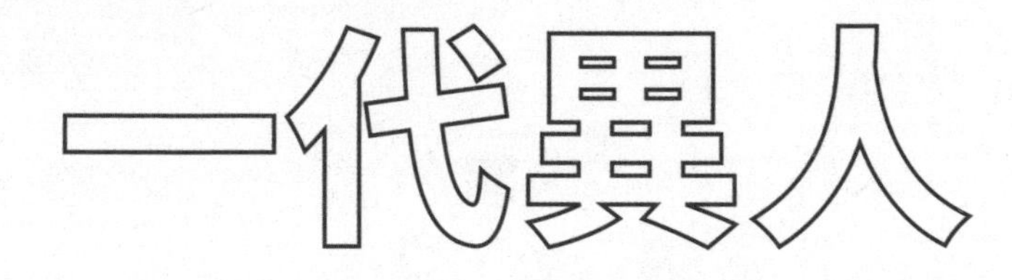

「她如今在什麼地方？」石軒亭問。

那大漢說：「就在我們的酒店，**反鎖**在房中。」

石軒亭斥道：「飯桶！她難道不會逃出去嗎？快去，**若是走了，無論如何都要追她回來！**」

那大漢立即站了起來，趕回酒店去。我心中也大為着急，馬上尾隨跟蹤。

不一會，我見他走進了一家豪華的大酒店。我也跟着進去，看到他踏進了電梯，當電梯在「4」字上停止的時候，我立即從樓梯飛也似地跑到四樓去。

我到達四樓，看到他正推開一間房的房門之際，他卻轉過頭來發現了我，他馬上「呼」的一掌向我拍過來。在走廊打架很容易會被發現，於是我運足十成力道，一掌迎了過去。「叭」的一聲，兩掌相交，那大漢被我的掌力震退，踉蹌跌入房內，我也立即鑽了進去，將門關上。

門一關，那大漢又狠狠地撲過來，我身形一閃，用手肘在他的「軟穴」重重一撞，他立即倒地不起。

我也不再理會他，連忙叫道：「石菊，沒事了，你在哪？」

這時，臥室的門慢慢打開，但站在臥室門口的竟不是石菊，而是一個身材甚高，面容瘦削，雙目炯炯有神的中年男子！

我以為他是石軒亭的人馬，但看到他皮帶扣上那個金光燦然的龍頭，我便知道他是赤水幫的龍頭之一，也就是死神身邊的高手！

他又陰惻惻地笑了一下，說：「衛斯理，遇到你真好，不用我到處去找你！」

「原來是赤水幫的龍頭，失敬得很，不知閣下找我有何貴幹？」我一面說，一面向後退了幾步，倚着牆壁。我必須很小心，因為赤水幫的龍頭個個都身懷絕技。

他冷冷地說：「沒什麼，只不過想請閣下到一處地方去。」

「什麼地方？」
他大喊一聲：「**地獄！**」

他那股**凌厲**的氣勢，

嚇得我迅速拔出了手槍，喝

道：「別——」

但我只講出了一個字，便聽到「啪」的一聲，同時金光一閃，我的手腕上一陣**劇痛**，那柄槍已脱手掉下。而那柄槍尚未落到地毯之時，又是「啪」的一聲，金光一閃，那柄槍被一枚**金蓮子**打到沙發底下去！

「大師伯……原來是你！」我臉色**慘白**，心中吃驚的程度難以言喻，因為一見到那兩枚金蓮子，我便知道**他是我的大師伯！**

我師父揚州瘋丐金二曾告訴我，大師伯為人**古怪**，

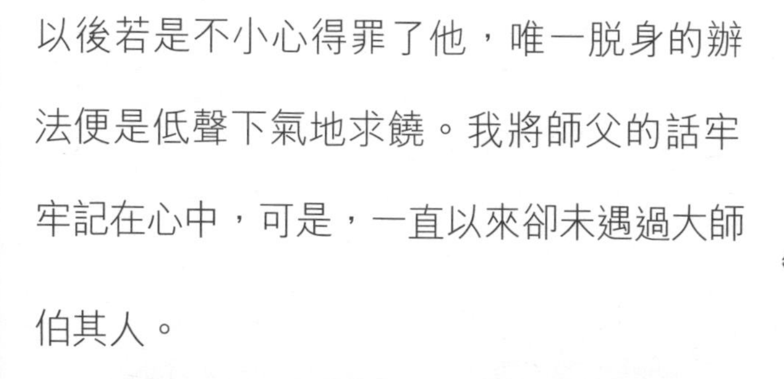

以後若是不小心得罪了他，唯一脱身的辦法便是低聲下氣地求饒。我將師父的話牢牢記在心中，可是，一直以來卻未遇過大師伯其人。

萬料不到，竟會在今天這樣的情況下相遇！

「你叫我大師伯，難道你就是金瘋子的那個徒弟？」他冷冷地問。

我連忙點了點頭，然後吞吞吐吐地問：「大師伯，師父曾對我説，你老人家武功絕頂，但是我想不明白，何以你老人家竟會⋯⋯」

「和**死神**這樣的人在一起？」他把我不敢説的話説了出來，然後直接回答：「死神的父親對我有大恩，在他臨終時，我曾發誓保護他的兒子，這樣你明白了吧？」

我誠懇地勸道：「大師伯，我斗膽説一句，以死神的所作所為，遲早都不會有好結果的。如果你老人家要維護他，最好叫他**及時收手，回頭是岸！**」

他嘆了一口氣，「不要説他了，你快走吧。」

我**緊張**地問：「大師伯，石小姐呢？」

他望了我一眼，「她是你的什麼人？」

「她不是我的什麼人——」

不等我講完，他便喝道：「**那你就別管閒事了！想跟師伯作對嗎？**」

我深知此刻不宜硬碰，便忍住了氣，與大師伯道別。但其實我並未離開酒店，而是躲了在暗角處**觀察**。

沒多久，我便看到大師伯押着石菊離開酒店，上了一輛汽車。我跟**蹤**他們的車來到海邊，發現他們上了一艘小舢舨，並划出海中心去。

很明顯，大師伯是奉了死神之命，**來了結我們兩人的性命！**

只不過因為我是他的師侄，所以他才放過我，否則，此刻在小舢舨上的，將不止石菊一個，而是我們兩人了！

我一定要救出石菊！在陸地上，我絕不是大師伯的對手，但如今在水上，卻有一搏的機會。我在附近找到一艘小型摩托艇，開動馬達，全速向他們的小舢舨衝過去。

大師伯還來不及反應，摩托艇已「**砰**」的一聲撞中了小舢舨**！**

小舢舨立時斷成了兩截，大師伯和石菊都**凌空彈起**，我駕着艇剛好把掉下來的石菊接住，然後全速向岸邊駛回去。

摩托艇幾乎是直衝上沙灘，我回頭看去，只見大師伯正在海中疾游過來，我拉着石菊便跑，「**快逃！他是我大師伯，我們絕不是他的敵手！**」

我拉着她上了汽車，絕塵而去。

車上，我問石菊：「你父親來了，你知道嗎？」

石菊點了點頭，「我大概也猜到，那天我在公路上遇到爹的手下，他將我帶到那家酒店，然後把我**反鎖**起來。」

我接着說：「而你們的行蹤又被我大師伯發現了，他是奉死神之命來殺我們的。」

「如今多面受敵，我們怎麼辦？」石菊着急地問。

我想了一會，說：「我懷疑黃俊的女朋友已發現了**隆美爾寶藏**，我們去她的家鄉找她和黃俊。所有的事都因寶藏而起，要化解如今的困境，就必須先解開寶藏之**謎**！」

於是，我們匆匆離開蒙地卡羅，回到了巴斯契亞。

我依據G領事給我的資料，在地圖上找到施維婭的家鄉，那是在巴斯契亞以北的一個小村子，叫**錫恩太村**。

由於夜幕已臨，我們決定在「銀魚」留宿一晚，明天才去。

怎料，第二天一早，我們被街上兒童的**喧嘩聲**吵醒，原來是有一輛勞斯萊斯汽車駛過，我拿起**望遠鏡**一看，發現車上坐着的，**正是石軒亭與他的手下！**

我大吃一驚，指着那輛車對石菊説：「你父親也來了！」

她茫然地望着我，我説：「死神和我大師伯也可能很快會到，我們必須比他們先一步找到黃俊！」

我和石菊立刻從「銀魚」的後門走捷徑離去，騎着電單車全速飛馳。

那是一個晴朗的早上，大地帶着一點初春的氣息。到了十點鐘左右，我們終於來到了錫恩太村。

那是一個只有七八戶人家的小村子，我們甚至找不到一個可以聽得懂法文的人，他們都説自己的土語。

費了不少工夫，我們才知道，施維婭和她的中國丈夫正在村東的麥田上。我們立即走過去，發現一對男女在麥田上追逐玩樂，他們正是黃俊和施維婭！

衛斯理系列少年版
鑽石花（下）

第十九章

寶藏之謎

黃俊已換上了當地農民的裝束，與施維婭在麥田上追逐嬉戲，生活平靜幸福。

施維婭比相片裏看到的還要動人，她發現了我們，親切地問：「你們找什麼人？」

黃俊看到了我們，大感愕然。

石菊心急如焚，開口便說：「**師哥，我爹來了！**」

黃俊立刻面如死灰，整個人呆住了。

施維婭一臉擔心地看着黃俊，根本不知道發生什麼事。

「先不要慌張，你們必須將我當作朋友，對我講實話，這樣我才能幫你們。」我向施維婭問：「你是不是已發現了隆美爾寶藏？」

「隆美爾寶藏？」她莫名其妙地搖了搖頭，「**沒有啊！**」

我接着問：「那麼你給黃俊的那袋鑽石，還有那朵鑽石花，是從哪裏得來的？」

「我在潛水的時候找到的。」

她的回答本就在我的意料之中，我立即追問：「其餘的東西呢？」

她現出迷惘的神情，「其餘的東西？」

看來她對寶藏的事一無所知，我只好改問黃俊：「黃俊，事到如今，你把事情經過告訴我們吧，否則我們很難想出解決的辦法。」

黃俊嘆了一口氣，「好吧。掌門人派我來尋找隆美爾寶藏，可是，我到了法國之後，發現那藏寶圖根本是假的，巴黎街頭到處都能買到。」

我點了點頭，「這個我已知道了。」

黃俊繼續說：「但我仍然來到巴斯契亞，還遇見了施維婭。」

講到此處，他又嘆了一口氣，「師妹或許認為我是個三心兩意的人，但是我遇到施維婭之後，確實是一心一意愛她的，甚至已將尋寶的事拋諸腦後。但有一天，她對我説，在她幾年的潛水生涯中，曾在海底找到過不少『亮晶晶的玻璃』和一朵『玻璃花』——」

我連忙問道：「她是在哪裏找到的？」

「東一顆，西一顆，幾年以來，她搜集了一袋。」

「**就是我在渡輪上看到的那袋？**」

黃俊點點頭，「沒錯。那時恰好師妹聯絡上我，叫我快點去見她，我便暫時和施維婭分開。怎料師妹被**死神**盯上了，沒有在約定的地點出現。而後來我就在渡輪上巧遇你。」

「那你為什麼要將鑽石**彈到海中**呢？」我問。

黃俊向施維婭望了一眼，說：「那是一個誤會，我忽然失去了施維婭的聯繫，誤會她跟了別的男人，因此傷心過度，便在渡輪上把鑽石棄於大海來發洩。後來我才知道施維婭原來是被人綁架了，對方要挾我交出地圖，可那時地圖已不在我身上了。」

我恍然大悟，「怪不得在黎明玫家裏時，你極力勸我把地圖交給你去贖人，**原來你要贖的並不是石菊，而是施維婭！**但你明知地圖是假的，為什麼不隨便買一幅地圖去贖人呢。」

黃俊解釋道：「雖然可以隨便買一幅地圖充數，但我怕對方發現地圖是假，會對我**死纏不休**，所以我想到了一個一勞永逸的方法，就是讓他們相信寶藏已被其他人找到，將麻煩永遠轉嫁給別人。」

「呵，結果你就選中了我，真夠朋友啊！」我**苦笑**道。

這以後的事，我卻是親歷其境，不必再多追問了。

可是這時候，一陣汽車引擎聲**怒吼而至**，一輛勞斯萊斯駛了過來。

車中迅速跳出四個大漢，石軒亭也接着下了車，黃俊的臉色**難看**到極點，身子在**發抖**，跪了下去，「師父。」

施維婭大驚失色，「黃，什麼事？」

石軒亭**厲聲**道：「將這女人弄開！」

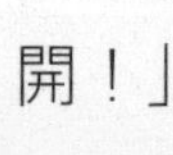

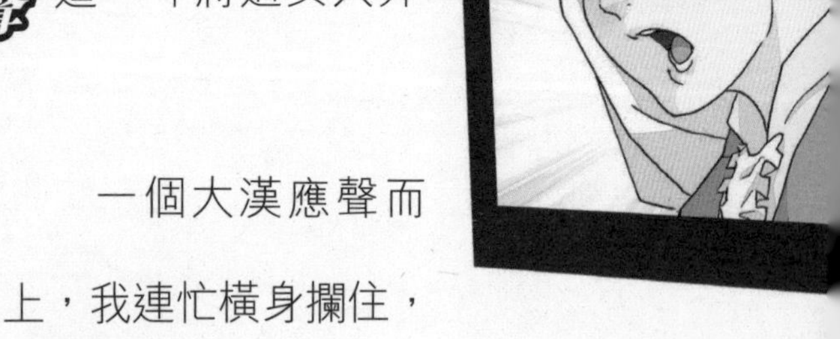

一個大漢應聲而上，我連忙橫身攔住，「**別碰她！**」

那大漢拳風颼颼，一拳便向我胸前打來。我以掌為刀，向他的手腕直切了下去！

那大漢慘叫了一聲，便捧着右手向後退了開去。

石軒亭看着我和石菊，冷冷地說：「好啊，菊兒，你聯同外人來作反嗎？」

石菊戰戰兢兢地踏前一步，也跪了下來，「爹！」

石軒亭對黃俊和石菊說：「**你們兩人，誰將寶藏交出，還可免於一死！**」

他們兩人尚未回答，我已忍不住說：「石前輩，他們兩人都交不出寶藏來的，那寶藏究竟是否存在，還是個**大疑問**呢！」

石軒亭厲聲喝道：「**住口！**」

他揚了一下手，身後四名大漢便向我撲了過來。我不敢鬆懈，使出了所有絕學，將四人擊倒。

「哼，有兩下子！」石軒亭一面說，一面向我擊出一掌。

我也連忙擊出一掌抵擋，兩掌交接，他的掌力之大把我震飛，跌在麥田上。

石軒亭繼續質問黃俊和石菊：「寶藏在什麼地方，快說！」

黃俊聲音**顫抖**地說：「師父，那寶藏地圖……

根本是假的！」

石軒亭「嘿嘿嘿」一陣冷笑，「既然藏寶圖是假的，你為什麼不回來？」

石菊也連忙做證：「爹，你信我，那地圖在巴黎街頭隨處可買。」

「好哇！你們都見財起意了！」石軒亭的**怒氣**到達了頂點，對門徒與幼女都不再留情，舉掌正要拍下。

「**不要！**」我驚恐大叫，卻無力出手拯救。

眼見黃俊和石菊就要雙雙死在石軒亭手下之際，突然「嗤嗤」兩聲，兩道**金光**直奔石軒亭右腕，逼得他連忙收起掌。

我一見那兩道金光閃至，心中既驚又喜，因為我知道，**大師伯已來到了！**

第二十章

身世秘密

死神、黎明玫和我大師伯及時來到，石軒亭馬上有了旗鼓**相當**的對手。

大師伯向石軒亭拱了拱手，「石兄何必為難後輩，想練掌的話，可以找我！」

大師伯說罷，便「呼」地一掌擊出，石軒亭不慌不忙，反手一掌迎了上去，雙掌「砰」的一聲相交！

只見他們各自被震震震退了三步，可見功力相若。

大師伯揚手射出一枚**金蓮子**，石軒亭手指一彈，也彈出了一枚$金錢$，「錚」的一聲，兩件暗器相擊**粉碎**！

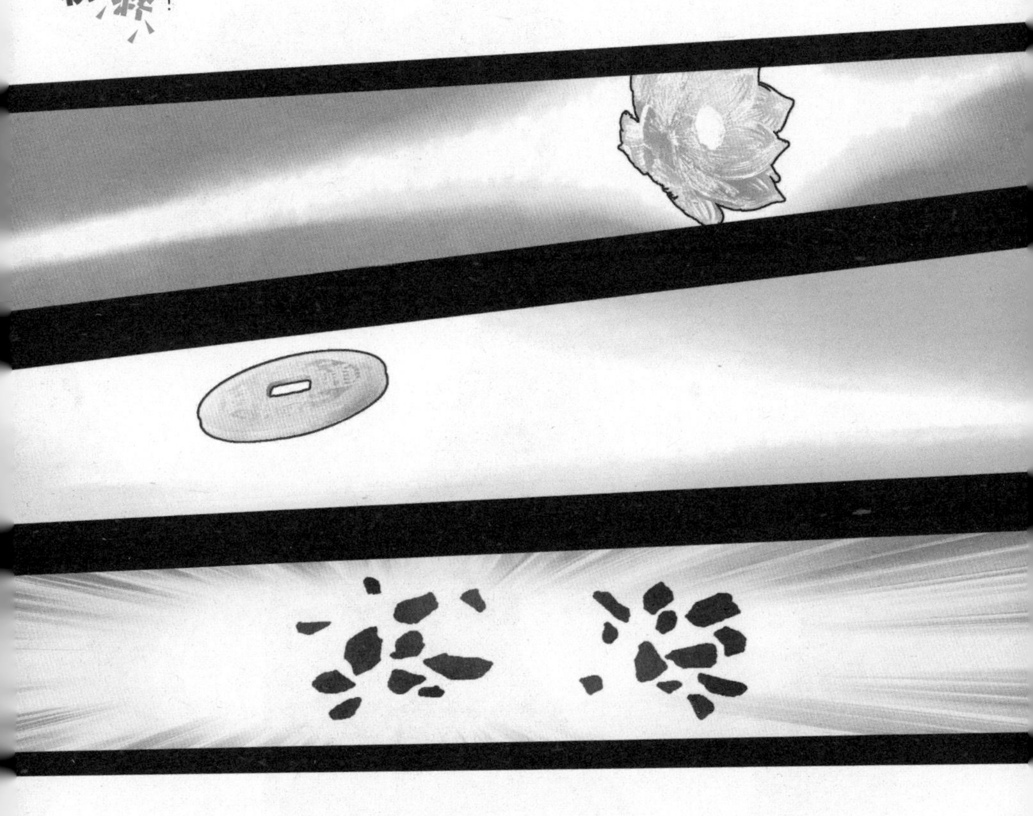

「好！」大師伯雙手齊灑，十枚金蓮子分成十道金光，向石軒亭罩了下去。

石軒亭「哈哈」一笑，十枚金錢齊發，只聽得「錚錚」之聲不絕於耳，二十枚暗器的**金光迸射**，蔚為奇觀！

眼看兩大高手不相伯仲，難分勝負，黎明玫忽然叫道：「**不要打了！**」

她一出聲，決鬥便停止了。她走到石軒亭的面前，「十五年不見了，你好啊！」

石軒亭一見黎明玫走出來，面上掠過一絲**驚恐**的神色，「**是**……**你**……」

「你怕什麼？」黎明玫步步進逼，「怕我說出你的**秘密**？怕被我們的女兒知道你的真面目嗎？」

一聽這話，所有人都驚愕地怔住，向石菊望去。

只見石菊也睜大了眼睛，**愕然**地望着她的親生父母。

黎明玫繼續說：「十七年了，我甘願背負着叛師的罪名，無非是希望女兒能夠平安長大，但如今，你居然連自己的女兒也想殺，我——」

黎明玫講到此處，眼中射出了**怒火**，一字一頓地喊：

「**我要與你拼命！**」

話音剛落，黎明玫便一掌劈向石軒亭。但石軒亭沒有跟她比掌，而是不斷射出金錢暗器，逼得黎明玫慌忙**閃避**。

狡猾的石軒亭以金錢暗器作掩護，其實在看準機會向黎明玫擊出致命一掌。

當我看穿他的企圖時，大師伯也連忙射出金蓮子阻礙石軒亭。

可惜已經太遲了，石軒亭的一掌重重地擊中了黎明玫，但同時亦聽到「砰」的一聲，死神揚起了手中的手杖槍，一顆子彈直射進石軒亭的右胸。

石軒亭與黎明玫雙雙倒地。

黎明玫臉色慘白，哈哈大笑：「好！我一生之中遇到了兩個男人，原來都是騙我的！石軒亭！你十七年前誘惑我的時候，對我説過什麼話來？」

石軒亭中了一槍，傷勢極重，鮮血不斷地從他指縫中湧出。

石菊跑過來看他，「爹，你怎麼樣？她真的是我母親嗎？」

石軒亭自知大限已到，帶着一副默認的表情，便**氣絕身亡**了。

石菊呆呆地望向黎明玫。

黎明玫的聲音平靜了許多，望着石菊說：「在我像你那樣年紀的時候，被老賊欺騙，生下了你。老賊想**殺人滅口**，我卻逃了出來，如今，你也像我那時這麼大了……」

石菊依舊是呆呆地一動也不動，對這**驚**人的真相一時無所適從。

這時，死神已跪了下來，抱着黎明玫。

黎明玫嘆了一口氣，「**唐天翔，你答應過我，不會殺我女兒和她身邊的人。**」

死神含着淚說：「明玫，我也是逼不得已。我是**愛**你的，你要信我這一句話！」

此時我終於明白，黎明玫與死神結婚，全是為了女兒石菊，甚至是石菊身邊所有人的安全**！**

在不知不覺中，我的眼睛也**濕潤**了，我低聲叫道：

「**女俠！你永遠都是我的偶像！**」

黎明玫轉過頭來，向我**微笑**了一下，然後望着天空，漸漸氣絕。

這時候，天上傳來「軋軋」的聲音，三架直升機突然飛至，擴音機傳出聲音：「**所有人舉起手來！**」

只見三架直升機已離地面極低，每一架直升機上都有槍口指向我們。其中一架直升機跳下三個人來，兩個是警察，另外一人正是納爾遜先生！

兩個警察舉着槍，我們所有人都呆立不動。

納爾遜來到死神面前，冷冷地說：「先生，這一次我們終於有了你謀殺的證據！我們在直升機上，用遠程攝錄機拍下了全部經過！」

之後，警方連忙處理現場，將疑犯逮捕，把傷者送院，而石軒亭和黎明玫則當場證實死亡。

第二天，我的傷勢已大致恢復，納爾遜先生來了見我。和他一齊來的，還有黃俊、施維婭和石菊。

納爾遜和我握了握手，說：「你們幾個雖然聚眾毆鬥，但警方決定不控告你們。」

「死神呢？」我問。

納爾遜笑道：「國際警方早已想將他關入**監牢**中，但一直苦無證據。想不到從不親自出手殺人的他，這次百密一疏，殺人被捕。」

納爾遜顯得十分**高興**，又說：「衛先生，控方想請你做證人，希望你能多留幾天。」

我點了點頭，「可以。」

納爾遜首先離去，黃俊和施維婭跟我談了一會，我和他們約定，出庭作證的事一完，便去錫恩太村找他們。

然後，他們也走了，只剩下石菊和我，我問她：「你還回不回西康去？」

石菊點頭，「**掌門令牌**已在我這裏了，我自然要回去。衛大哥，你會來看我嗎**？**」

我馬上答應：「嗯，我一有空就去看你。」

我才講完這句話，忽然發現病房中多了一個人，**正是我的大師伯！**

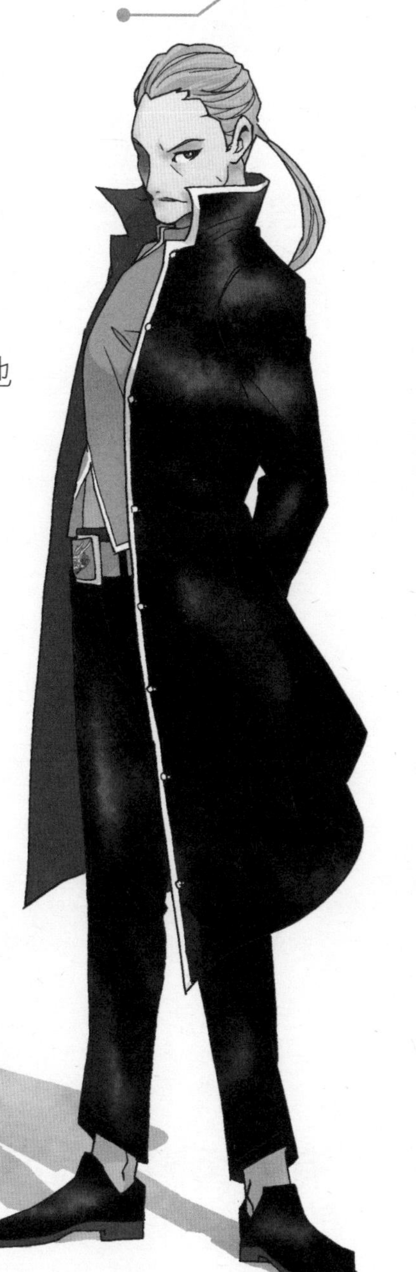

我和石菊都呆住了。

大師伯開門見山地說：「我們要劫獄，希望你們能幫忙。」

我搖了搖頭，「沒有希望的，他是甲級重犯。」

大師伯冷傲地說：「那是因為你不知道死神的勢力有多大，背後有多少高手。」

大師伯這話說得沒錯，到底死神背後有多少能人異士為他效力，我實在不敢想像，我在這次事件中所遇到的高手，相信也只是冰山一角而已。

「我已經動員了你難以想像的力量去劫獄，為了把勝算盡量提高，我才來招攬你加入幫忙。就算你不幫忙，我們也有信心可以成功！」大師伯意志**堅決**。

我知道他無論如何也要去救出死神，不論成功與否，必定會造成重大傷亡。我想了一想，**權衡輕重**後，說：「我不會幫你們劫獄，但我有辦法令他無罪釋放。」

「**真的？**」大師伯大喜過望。

「但你能否保證在死神無罪釋放後，他永遠歸隱，不再犯事？」我提出這個條件。

大師伯想了一會，堅定地點了點頭，「**可以！**」

我相信大師伯的承諾，便與他擊掌為誓。

石菊驚訝地問我：「衛大哥，你準備救死神？」

我嘆了一口氣，「**比起懲罰他，我寧願沒有人再因為他而傷亡。**」

死神的案子開審了，辯護律師力指他是為了保護妻子性命才開槍傷人。但從片段所見，石軒亭只不過是一掌擊向黎明玫，雖然驗屍報告指出黎明玫是受到重擊，導致內出血**斃命**，但法官和陪審員都認為，目前的證據不足以證明重擊就是來自那一掌。

當審判進行到**最高潮**的時候，我以專家證人的身分出庭作供，講述中國武術的奧妙，莫說一掌打死一個人，就是要一掌打死一頭牛，也不足為奇。

主控官**惡狠狠**地問我：「你能嗎？」

我平靜地回答：「**能。**」法官於是宣佈退庭。

第二天，我被帶到一處屠房，他們從待宰牛隻中挑選了最壯的一頭，拉到我面前。我畢恭畢敬地向他們示範，運足十成功力，發出一掌將那頭牛**擊斃**。結果，法庭宣判死神是為了保護妻子而自衛開槍，無罪釋放。

事後，納爾遜問我：「為什麼？」

我答道：「**我們的目的是消滅一個罪犯，我相信我已做到了。**」

他嘆了一口氣，逕自離去了。

我和石菊又來到錫恩太村，施維婭帶我們到附近的海底找了七八天，又找到了一顆**鑽石**。可是，之後的十多天，卻別無所獲。

我相信隆美爾的寶藏早已**散**失於整個大海，只能靠着運氣，偶爾找到一些，我們都決定放棄尋寶了。

石軒亭的屍體已運回故鄉，而石菊卻把黎明玫的屍體留在這寧靜的村莊**安葬**。我看着石菊將**鑽石花**獻給母親陪葬時，不禁替黎明玫感到**欣慰**，因為我知道，石菊已經接受了這位母親，而世上只有她能從石菊手上拿走鑽石花。

（完）

案件調查輔助檔案

師承

從這招式，我已看出他的**師承**了。

意思：指學術、技藝上的一脈相承，學習並繼承知識、文化、技藝等。

輾轉

在我跌入大海後，已看不到那年輕人的身影，只好隨着海水飄流，**輾轉**飄到了一個荒島，那時尚未天明。

意思：非直接地，中間經過許多人或地方。

物歸原主

如果你贏了，那就**物歸原主**，我什麼事都不過問。

意思：把物品還給原來的主人。

兵不厭詐

「朋友，**兵不厭詐**。」他笑道。

意思：指用兵作戰時不排斥使用詭變、欺詐的策略或手段獲取勝利，也指用巧妙的手段騙人。

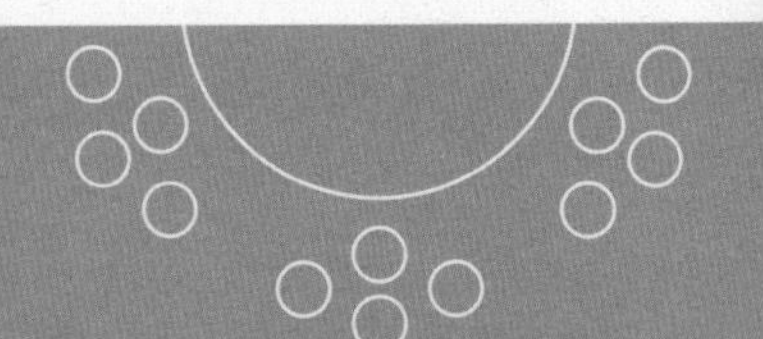

渾身解數

我笑了笑，正準備使出**渾身解數**挽回面子的時候，突然「砰」的一聲槍響，劃破了這荒島的寂靜！

意思：指用了全力，把全身所有的本領使出來。

糾葛

我幾乎可以肯定，那年輕人和少女之間，一定有着什麼不尋常的**糾葛**！

意思：即是糾纏牽連。

故技重施

我回頭望向那年輕人，只見他**故技重施**，將那袋鑽石擲向少女，然後趁機逃去。

意思：再次施展、耍弄以前慣用的方法或手段。

蓄勢待發

我猶豫着是否要動手之際，那少女已經**蓄勢待發**，準備向對方撲擊過去。

意思：指貯備隨時可以展現的實力，準備好隨時進攻。

文質彬彬

但我卻沒想到，這樣的一個匪徒，竟然會如此**文質彬彬**。

意思：形容氣質溫文爾雅，行為舉止端正，文雅有禮。

輕舉妄動

我頓時僵立住，不敢**輕舉妄動**。

意思：指不經慎重考慮，輕率地採取行動。

面如土色

我立刻開動車子，直向他飛馳過去，嚇得他**面如土色**。眼看車子將要在他身上輾過的時候，我才急速轉彎，在他身旁不到二十公分處擦身而過，疾馳遠去！

意思：臉色像泥土一樣，形容一個人因為驚恐之極而神情木然。

屈居下風

她又微笑了一下，叫道：「你不必再用槍對着他了，他下了一着高棋，我們暫時**屈居下風**！」

意思：比喻處於劣勢、不利的地位。

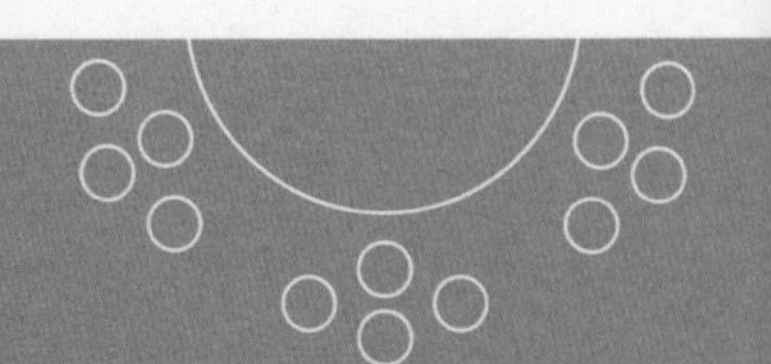

沽名釣譽

呸！比起那個偽充行俠、**沽名釣譽**的畜牲，我認為死神算是個聖人了。

意思：用不正當的手段謀取名聲和讚譽。

悲從中來

黎明玫突然**悲從中來**，流下了眼淚。

意思：悲痛的情感從內心湧出來。

下盤

我扭腰避開，當頭一掌回擊下去，同時左腳一勾，襲向他的**下盤**。

意思：指身體腰部以下的部位，尤指腿部。

泥足深陷

唐老三嘆了一口氣，「唉，都怪我們嗜賭，欠下了死神的錢，**泥足深陷**。」

意思：即是腳深深陷入淤泥裏，比喻陷入麻煩的境地卻無法輕易脫離。

衛斯理系列少年版05

鑽石花(下)

作　　者：衛斯理（倪匡）
文字整理：耿啟文
繪　　畫：余遠鍠
出版經理：林瑞芳
責任編輯：蔡靜賢
封面及美術設計：BeHi The Scene
出　　版：明窗出版社
發　　行：明報出版社有限公司
香港柴灣嘉業街 18 號
明報工業中心 A 座 15 樓
電　　話：2595 3215
傳　　真：2898 2646
網　　址：http://books.mingpao.com/
電子郵箱：mpp@mingpao.com
版　　次：二〇一九年四月初版
二〇二〇年二月第二版
I S B N：978-988-8525-61-4
承　　印：美雅印刷製本有限公司